Sun-Mi Hwang • Der Hund, der zu träumen wagte

AF204686

Sun-Mi Hwang
Der Hund,
der zu träumen wagte

Roman

Aus dem Englischen
von Simone Jakob

KEIN&ABER

POCKET

Ebenfalls von Sun-Mi Hwang:
Das Huhn, das vom Fliegen träumte

Die Originalausgabe erschien 2012 unter dem
Titel *Pureun Gae Jangbal* bei Woongjin Thinkbig, Südkorea
Copyright © 2012 by Sun-Mi Hwang

Alle Rechte vorbehalten
Copyright © 2016/2022 by Kein & Aber AG Zürich – Berlin
Coverbild und Illustrationen: Nomoco
Satz: Dörlemann Satz, Lemförde
Druck und Bindung: CPI books GmbH, Leck
ISBN 978-3-0369-6144-6
Auch als eBook erhältlich

www.keinundaber.ch

INHALT

DER ALTE MANN

Die braune Hündin hob den Kopf und knurrte. »Ich dachte schon, er kommt gar nicht mehr.«

Die mit einer Decke verhängte Maschendrahttür öffnete sich quietschend, und kalte Luft strömte in den Zwinger. Der alte Mann trat ein, und durch den Türspalt erhaschte die Hündin für einen Moment einen Blick auf das sich verfärbende Laub des Persimonenbaums im Hof. Die Schritte des Mannes hatten ihn verraten – wäre es jemand anderes gewesen, wäre die Hündin auch nicht so ruhig geblieben, schließlich hatte sie erst vor dreizehn Tagen ihre Jungen zur Welt gebracht.

Der alte Mann schloss die Tür hinter sich und stellte einen dampfenden Napf auf den Boden. Sein Gesicht verschwamm hinter dem Zigarettenrauch, der aus seinem Mund quoll, und sein Blick fiel auf die Welpen, die unersättlich an den Zitzen ihrer Mutter saugten. Er bückte sich, um sie vom Bauch der Hündin zu nehmen. »Ihr Rabauken! Ihr werdet sie noch aussaugen.«

»So ist es«, murmelte die Hündin und erhob sich langsam. »Dieser Wurf ist ständig hungrig.«

Sie sah erschöpft aus. Ihre Zitzen waren rot und geschwollen, ihr Fell stumpf. Gierig schlang sie ihr Frühstück herunter. Der Alte hockte sich neben sie, rauchte die Zigarette zu Ende und beobachtete sie. Sie zitterte, und ihre Schulterblätter ragten aus dem abgemagerten Körper. Die Welpen schnüffelten, verlangten winselnd nach ihrer Mutter, doch die konzentrierte sich ganz aufs Fressen und beachtete sie nicht.

Der Paraffinofen in der Ecke hatte die ganze Nacht über geheizt, und der Mann schaltete ihn aus. »So viele verschiedene Farben!«, bemerkte er.

Und es stimmte, die Hündin hatte es auch bemerkt: Zwei der Welpen waren komplett braun, zwei braun mit weißen Flecken, drei braun mit schwarzen Flecken, und einer hatte schwarzes Fell, das in einem bestimmten Licht fast bläulich zu schimmern schien.

»Ein paar Tage musst du noch durchhalten«, sagte er und streichelte die Mutter mit seiner rauen Hand. »Bald finden wir Besitzer für sie.«

Die Hundemutter fraß den Napf leer, war jedoch immer noch nicht satt. Sie leckte die Reste auf und blickte nach oben zu dem alten Mann, der einen der gefleckten Welpen in der Hand hielt.

Er schüttelte den Kopf. »Das Erstgeborene …« Traurig sah er auf den kleinen Hund hinunter, der bereits steif war. »Es war von Anfang an kraftlos, jetzt ist es tot.«

»Es ist zu schwach geboren«, seufzte die Mutter, »konnte noch nicht einmal richtig saugen. Warum machen mir jedes Mal die Erstgeborenen solchen Kummer?« Seufzend legte sie sich wieder hin. Die Welpen stürzten sich umgehend auf sie, stießen ihr im Kampf um die Zitzen ihre Schnauzen und Vorderpfoten in den Bauch und brachten ihn so in Wallung. Die beiden braunen Welpen, die die stärksten waren, drängten ihre Geschwister beiseite und sicherten sich die Plätze in der Mitte. Der schwarze Welpe wurde im Gerangel nach hinten geschoben und versuchte, sich wieder nach vorn zu kämpfen, schaffte es jedoch nicht, über die Beine seiner Geschwister hinwegzuklettern. Winselnd versuchte er es erneut, aber niemand machte ihm Platz.

Der alte Mann sah auf die winzige Hündin hinunter. »Du bist doch gar nicht schwach. Warum lässt du dir das gefallen?« Er platzierte den kleinen, federleichten Welpen auf seiner Handfläche. »Wie konnte deine Mutter ein so seltsames, kleines Ding wie dich auf die Welt bringen? Du hattest schon bei der Geburt so langes Fell!«

»So etwas habe ich auch noch nie erlebt«, sagte die Hundemutter. »Sie sieht ihrem Vater kein bisschen ähnlich.«

Die kleine schwarze Hündin beschnüffelte die Hand des Mannes, deren metallischer Geruch ihr vertraut war. Als ihre Geschwister sie einmal von der Decke gestoßen hatten, war sie auf den nackten Fußboden gerollt und hatte sich den Kopf am Maschendrahtzaun des Zwingers gestoßen, dessen Metallgeruch sie sofort einhüllte. Ihre Augenlider flatterten, ihr Kopf schmerzte erneut. Langsam öffnete sie die Augen und sah das faltige Gesicht des alten Mannes vor sich, das gerötet war von den Funken, die ihm beim Schweißen ins Gesicht sprühten.

»Da sieh mal einer an! Du bist die Erste, die die Augen öffnet!« Der alte Mann nahm einen der braunen Welpen von der Zitze in der Mitte und legte den schwarzen Welpen an seine Stelle.

DER FREMDE

Lass sie sofort los!« Großvater Griesgram schwang den Besen.

Erschrocken ließ die Hündin Flecki los, die erbärmlich aufjaulte. Kläffend flüchtete sich ihre Mutter ins Gemüsebeet, wo der Kohl für das Winterkimchi schon fast reif war.

»Böser Hund!«, schrie Großvater Griesgram und schwenkte den Besen. »Komm sofort da raus!«

Die Welpen nannten den alten Mann Großvater Griesgram, weil er sie ständig anschrie und ausschimpfte. Auch wenn sie daran nicht ganz unschuldig waren. Sie streunten herum, machten alles kaputt, zerbissen Schuhe, spielten mit dem Brett, mit dem Großmutter die Steinguttöpfe im Hof abdeckte, stahlen Fische von Tellern und fraßen die Zucchinischeiben, die zum Trocknen auslagen. Wenn sie das Gemüse nicht anknabberten, machten sie Häufchen darauf oder spielten mit der sauberen Wäsche, die sie auf den Boden gezerrt hatten. Einmal schafften sie es sogar, in den Schuppen einzudringen, und spielten so wild mit einem Seil, dass sich einer der Welpen fast damit erwürgt hätte.

»Wo ist meine Älteste?«, bellte ihre Mutter aus dem Gemüsegarten. »Wo ist sie?«

Natürlich konnte Großvater Griesgram sie nicht verstehen. »Jetzt gehst du mir aber wirklich auf den Geist!«, rief er und lief mit dem Besen hinter ihr her. Sie versteckte sich hinter den Töpfen, rannte in den Hof, ins Gemüsebeet und dann in den Schuppen, wobei sie unablässig kläffte: »Wo ist meine Älteste? Wo ist sie?«

Zotti, der schwarze Welpe, kauerte sich unter das Fenster und schaute ihrer Mutter und Großvater Griesgram bei ihrer Verfolgungsjagd zu. Sie sah, wie aufgebracht ihre Mutter war, und wusste, sie würde sich in Acht nehmen müssen, um nicht gebissen zu werden wie die arme Flecki. Vor ein paar Tagen war ihre Mutter schon einmal so wütend geworden, als ein merkwürdiger Fremder einfach so in den Zwinger gekommen und auf die Decke getreten war. Dann hatte er eines ihrer gefleckten Geschwister mitgenommen.

Heute Vormittag war das Gleiche passiert. Ein Mann kam Großvater Griesgram besuchen und nahm die Älteste mit, wovon ihre Mutter, die mit Großmutter zum Geflügelhof gegangen war, nichts mitbekommen hatte. Der Geruch des Mannes gefiel Zotti gar nicht, vor allem seine Schuhe rochen verbrannt. Als der Fremde grinsend näher gekommen war, hatte Zotti den Kopf eingezogen. Hätte er die Hand nach ihr ausgestreckt, hätte sie ihn gebissen, doch er würdigte sie keines Blickes.

»Das sind ja schöne Possen!« Ein Kichern, das Zotti einen Schauder über den Rücken jagte, ertönte von der Mauer und unterbrach ihren Gedankengang. Es war die alte Katze.

Zotti funkelte die Katze an, die hoch über ihr thronte. Sie traute dem Biest nicht über den Weg, ständig schlich es lautlos umher, spionierte allem und jedem nach. Zotti bellte, worauf die Katze spöttisch lächelte. Ihre Augen wurden schmal, und ihre scharfen Zähne blitzten auf. Zotti spürte, wie sich ihr die Nackenhaare aufstellten. Die alte Katze lachte, spazierte gemächlich über die Mauer, die den Garten vom Nachbargrundstück trennte, und Zotti wurde schwindelig. Die Stimme des Mannes, der die Älteste mitgenommen hatte, war ebenso heiser gewesen wie die der Katze. Als Zotti sie ein weiteres Mal anbellte, schlug die Katze mit der Pfote nach ihr und sprang auf die andere Seite der Mauer.

»Hört sofort auf, alle beide!«, schimpfte Großmutter, als sie aus der Küche kam. »Hund und Mann, einer so schlimm wie der andere!«

»Was hast du gesagt?«, rief Großvater Griesgram empört. »Vergleichst du mich etwa mit einem Hund?«

Großmutter ignorierte ihn, legte eine Schürze und einen Strohkorb in einen breiten Behälter und bereitete sich darauf vor, auf dem Markt Fisch zu verkaufen. Sie ging morgens zur Arbeit und kam erst nach Einbruch der

Dunkelheit mit Fischresten zurück, die sie für die Hunde kochte. Die Welpen wedelten mit dem Schwanz, wenn sie sie kommen hörten.

»Vergiss nicht, das Geld für die Welpen zur Bank zu bringen«, erinnerte sie ihn. »Chanu schickt Dongi bald in die Vorschule. Wir als seine Großeltern sollten ihm etwas schenken.« Mit diesen Worten platzierte sie den Behälter auf ihrem Kopf und verließ das Haus.

»Ein Vorschulgeschenk für Dongi? Wann hat Chanu je etwas für uns getan?«, beschwerte sich Großvater Griesgram. »Wie sollen wir uns das leisten können? Ich bin mit der Miete für den Laden im Rückstand und muss auch noch die neuen Fahrradteile bezahlen.« Er lehnte den Besen an den Persimonenbaum, füllte am Wasserhahn einen Eimer und schleppte ihn zum Zwinger, während die Welpen hinter ihm herwuselten und die Schnauzen in den Eimer zu stecken versuchten. Ihre Mutter gesellte sich zu ihnen.

Zotti schaute von Weitem zu. Die Mutter würde sie vertreiben, wenn sie versuchte, sich dem Eimer zu nähern. Wenn ihre Geschwister sie wegstießen, wehrte sich Zotti, doch zu ihrer Mutter, die etwas gegen sie zu haben schien, hielt sie lieber Abstand. »Das Kind sieht ganz verfilzt aus«, murmelte sie des Öfteren deutlich hörbar.

Immer, wenn sie ihre Mutter vor sich hinrummeln hörte, senkte Zotti den Blick. Daran war nur ihr Fell schuld, das schwarz und struppig war, ihr bis über die Augen fiel und in einem bestimmten Licht fast bläulich aussah. Ihre Geschwister folgten dem Vorbild ihrer Mutter und behandelten sie schlecht. Sie duldeten sie nicht in ihrer Nähe und ließen sie nicht in Ruhe fressen, und so lernte Zotti, so schnell wie möglich ein paar Bissen hinunterzuschlingen.

Großvater Griesgram stieß einen lang gezogenen, schrillen Pfiff aus. »Zooottti. Komm!«

Sie trottete zu ihm hinüber, steckte die Schnauze in den Eimer und trank. In Großvater Griesgrams Anwesenheit ließ ihre Mutter sie meist in Ruhe. Zotti war froh, dass er da war, denn wenn ihre Geschwister beim Toben den Eimer umstießen, würde sie keine Gelegenheit mehr zum Trinken haben, bis Großmutter und Großvater am Abend nach Hause kamen.

Großvater streichelte ihr den Rücken. »Was bist du nur für ein seltsamer Hund?«, murmelte er. »Wohin wird es dich wohl eines Tages verschlagen?« Sie erstarrte kurz, flüchtete aber nicht. Seine Hand war rau und warm auf ihrem langen, schwarzen Fell, das immer lockiger wurde. Sie mochte anders sein als ihre Geschwister, doch sie war die Einzige, der er bereits einen Namen gegeben hatte.

DIE DIEBIN

AUF DER MAUER

Die Nacht war kalt gewesen. Alles war mit weißem Raureif überzogen, der langsam in der Morgensonne taute: die Mauer, die Zweige, der Kohl im Gemüsebeet, das Stroh, mit dem die Reisfelder vor dem Haus abgedeckt waren. Eine Elster ließ sich im Baumwipfel nieder, pickte an den Persimonen und stieß einen Warnruf aus, als sie die alte Katze über die Mauer huschen sah.

»Hast du das Fahrrad schon verkauft, das du zusammengebaut hast?«, fragte Großmutter, als sie den großen Behälter auf ihren Kopf hievte, um zur Arbeit zu gehen.

Großvater Griesgram wischte mit einem Handtuch den Frost vom Fahrradsattel. »Ich habe ein paar undichte Reifen geflickt. Wenn ich alle Fahrräder verkaufen könnte, die ich repariert habe, wären wir jetzt reich. Wenn sich jemand dafür interessiert, mache ich ihm einen guten Preis.«

»Aber lass dich nicht noch herunterhandeln«, riet ihm Großmutter. »Du hast hart an diesen Fahrrädern gearbeitet. Tagelang hast du nichts anderes gemacht! Lass dich ja nicht über den Tisch ziehen und verschenk sie nicht, nur weil jemand etwas Nettes sagt.«

»Ich lasse mich doch nicht über den Tisch ziehen!«, rief Großvater Griesgram mit aufgebrachter Stimme.

Großmutter schritt durch das Tor. »Übrigens, sie haben Rattengift auf die abgeernteten Felder gestreut«, erinnerte sie ihn. »Achte darauf, dass das Tor geschlossen ist, wenn du gehst. Wir wollen doch nicht, dass die Hunde entwischen und krank werden.«

»Was bin ich, ihr Vater?«, grummelte Großvater und ließ sein Handtuch durch die Luft schnalzen, doch Großmutter war schon außer Hörweite. Er sah zum Zwinger hinüber. Die Welpen hatten die Schnauzen durch die Maschen gesteckt und beobachteten ihn, doch als sie seinen Blick bemerkten, zogen sie sich rasch zurück.

»Rattengift, das ist gefährlich.« Großvater Griesgram nahm zwei Holzbretter, die an den Zwinger gelehnt waren. »Ich werde dafür sorgen, dass euch nichts passiert. Schließlich sollt ihr mir ein hübsches Sümmchen einbringen.« Er schaute zum Tor hinüber, und sein finsteres Gesicht entspannte sich. »Die Arme muss zum Markt, auch wenn es ihr nicht gut geht. Und das, obwohl wir einen Sohn und eine Tochter haben, die uns helfen könnten.« Er legte die Bretter auf den Gepäckträger seines Fahrrads und klopfte an den Zwinger. Die Welpen steckten die Köpfe durch die offene Maschendrahttür, während ihre

Mutter in der Hundehütte neben dem Zwinger lag und döste. »Seid wachsam und beschützt das Haus! Ich kann euch nicht den ganzen Tag einsperren, aber bleibt schön im Hof.«

Die Hündin schreckte hoch und sprang auf, sodass die Welpen die Schwänze einzogen und in eine Ecke flüchteten. Großvater kettete die Hündin an, was er immer tat, wenn er das Haus verließ. Er wollte sicherstellen, dass seiner Zuchthündin nichts zustieß. »Großmutter ist zur Arbeit gegangen, obwohl sie krank ist«, sagte er verbittert zu den Hunden, als wären sie daran schuld. »Passt mir ja aufs Haus auf, verstanden?«

Die Hundemutter blieb unbeeindruckt. »Himmel, meine Ohren.«

Goldi, der große braune Welpe, äffte sie nach. »Himmel, meine Ohren.«

»Benimm dich!«, kläffte die Mutter sie an.

Goldi winselte, und die anderen Welpen zogen die Köpfe ein.

Großvater Griesgram lachte. »Sei nicht zu streng zu deinen Kindern«, sagte er. »Das bringt sowieso nichts. Ich war genauso, und schau, was es mir eingebracht hat. Sie glauben, sie hätten sich allein großgezogen! Sie wollen nicht bei einem wohnen und rufen nicht mal an, wenn ihre Mutter krank ist.« Er rollte das Fahrrad zum Tor.

Die Hunde wedelten zum Abschied mit dem Schwanz. Großvater Griesgram ging hinaus und versperrte mit den Brettern die Lücke unter dem Tor, um auf Nummer sicher zu gehen.

Zotti blieb am Tor stehen, die Ohren aufgestellt, bis sie hörte, wie Großvater davonradelte. Am liebsten wäre sie ihm gefolgt. Sie ging zum Persimonenbaum und leckte an einer aufgeplatzten Frucht, die die Elster fallen gelassen hatte. Sie war noch leicht gefroren und fühlte sich kühl an auf der Zunge.

»Ich habe auch Hunger«, sagte eine einschmeichelnde Stimme über ihr.

Der Welpe sah auf. Die alte Katze stolzierte über die Mauer und verströmte dabei einen widerwärtigen Gestank. Zotti sah sich nach ihrer Mutter um, doch die hatte sich schon wieder hingelegt und döste am Eingang des Zwingers. Ihre Geschwister tollten durch den Gemüsegarten und spielten Verstecken.

»Sie haben Gift auf die Reisfelder gestreut«, sagte die Katze grinsend. »Das machen sie jedes Jahr nach der Ernte. So was Dummes! Jetzt kann ich tagelang keine Ratten fressen. Ich armes Ding, tue ich dir nicht schrecklich leid?« Die Katze duckte sich, als wollte sie jeden Moment in den Hof springen. Zotti erstarrte instinktiv.

»Ist dir nicht furchtbar langweilig?«, fuhr die Katze in künstlich freundlichem Ton fort. »Soll ich mit dir spielen?«

Zotti bellte. Ihre Mutter erwachte und knurrte. Die anderen Welpen im Gemüsegarten fingen ebenfalls an zu kläffen.

»Wie du willst«, fauchte die Katze und sprang von der Mauer in ihren eigenen Hof.

Zotti bellte weiter.

»Pst!«, ermahnte sie die Mutter. »Ich versuche hier zu schlafen.«

Zotti verstummte, doch der Katzengeruch, der immer noch in der Luft hing, beunruhigte sie. Sie beschnüffelte noch eine Weile den Boden unter dem Persimonenbaum, bis sie Geschrei aus dem Gemüsebeet hörte. Die anderen hatten sich gegen Knirps, den Kleinsten und Schwächsten, verbündet. »Hört sofort auf damit!«, rief Zotti, als sie sich näherte.

»Verschwinde!«, fuhr Goldi sie an.

Knirps leckte sich winselnd das Bein. Blutete er?

»Wenn du mir weiter auf die Nerven gehst, beiße ich dich auch noch ins andere!«, warnte Goldi, bevor sie hoch erhobenen Hauptes aus dem Gemüsebeet stolzierte. Die anderen Welpen folgten ihr, Knirps blieb weinend zurück und leckte sich das Bein. Es war nicht das erste Mal, dass Goldi ihre Größe einsetzte.

Zotti gab auf und suchte sich eine andere Beschäftigung. Sie fand die Holzkiste unter dem Persimonenbaum, auf der die Welpen ebenso gern herumkauten wie auf dem Maschendraht. Nur Goldi bevorzugte Schuhe, was ihr oft Ärger mit Großvater Griesgram einbrachte. Einige Zeit später hörte Zotti Musik aus der Ferne. Ihre Mutter hatte ihr einmal erklärt, die Musik komme aus einer Kirche, und auf dem Weg dorthin habe sie Zottis Vater getroffen.

Goldi knabberte jetzt auf der sauberen Wäsche herum, die im Wind flatterte, und die gefleckten Welpen leckten sich gegenseitig die Schnauzen. Ihre Mutter schlief tief und fest. Es war ein ruhiger Tag, und der Hof war von warmem Sonnenlicht durchflutet.

Plötzlich zerriss ein Schrei die Stille, und die alte Katze kam mit einer schnellen Bewegung zwischen den Kohlköpfen hervorgehuscht und sprang auf die Mauer.

»Was ist passiert?« Ihre Mutter zerrte an der Kette, konnte sich jedoch nicht befreien.

Zotti sprang in den Gemüsegarten. Sie hatte die Stimme von Knirps erkannt. Ihre Geschwister waren ihr dicht auf den Fersen. Sie fanden den kleinen Welpen in einer Erdfurche liegend. »Steh auf«, sagte Zotti und leckte ihm über das Gesicht. Doch Knirps öffnete nur mit Mühe die Augen und sah sie an. Zotti rümpfte unwillkürlich die Nase – ihr Bruder roch wie die alte Katze und blutete aus einer tiefen Halswunde.

»Mama! Mama!«

»Knirps ist verletzt!«

»Die Katze wars!«

Die Welpen brachen in Tränen aus. Ihre Mutter zerrte kläffend an der Kette. Doch sie konnte nichts tun, als aufzuspringen und um ihre Hütte zu laufen. »Leckt ihn ab!«, rief sie. »Bringt ihn zu mir!«

Aber keiner von ihnen konnte sich um Knirps kümmern wie seine Mutter. Sie gerieten in Panik.

»Er kann nicht aufstehen!«

»Mama, schnell!«

»Knirps, komm zu mir!«, rief die Mutter, zog und zerrte an der Kette, bis ihr die Zunge aus dem Maul hing. Immer, wenn sie aufsprang, klirrte die Metallkette, und die Hundehütte erzitterte. Doch sie kam nicht vom Fleck, die Kette war am Boden angeschraubt.

Knirps hechelte hektisch und stöhnte. Tränen strömten ihm über das Gesicht. Schließlich fielen ihm die Augen zu, und er rührte sich nicht mehr.

Ihre Mutter sah zum Himmel auf und heulte.

Zotti schaute zur Mauer hinauf, ihre Augen füllten sich mit Tränen. Die alte Katze lag seelenruhig auf der Mauer und leckte sich mit der langen Zunge das Fell.

»Du bist abgrundtief böse!«, schrie Zotti.

»Was kann ich dafür?«, fragte die Katze träge. »Seine Wunde roch einfach zu verlockend, da konnte ich nicht widerstehen!« Langsam erhob sie sich und spazierte auf der Mauer hin und her, als lauerte sie darauf, Knirps noch mehr anzutun. Beim Anblick ihrer Streifen wurde Zotti schwindlig.

Das Heulen der Mutter übertönte die Kirchenmusik, die leise aus dem Dorf drang. Es wurde ein trauriger Abend: Nachdem Knirps unter dem Persimonenbaum begraben worden war, kam eine Frau aus der Nachbarschaft vorbei und nahm einen der gefleckten Welpen mit.

EIN LIEBER FREUND

Es hatte über Nacht geschneit. Zotti war früh auf, sprang durch den Schnee, der sie unter den Fußsohlen kitzelte, und hinterließ überall Pfotenabdrücke. Freudig durchstreifte sie den schneebedeckten Gemüsegarten. Eine Elster sang im kahlen Persimonenbaum, und ihr Lied erklang hell und klar in der kalten Luft. Dann flog sie auf, landete vor dem Zwinger und pickte eine Zeit lang im leeren Hundenapf herum. Enttäuscht sah sie sich nach allen Seiten um, bevor sie sich erneut im Baum niederließ.

Ein Fenster wurde geöffnet, und Großvater Griesgrams faltiges Gesicht erschien im Rahmen, daneben das frische Gesicht eines Kindes. Es war sein Enkel Dongi, der am Vortag spätabends angekommen war.

»Sieh nur, Großvater! Schnee!« Dongi klatschte in die Hände.

»Und gleich so viel auf einmal«, jubelte Großvater Griesgram mit.

Dongi rannte nach draußen, sehr zur Überraschung von Goldi, die vor der Tür hockte und mit einem kleinen Schuh spielte.

»He, das ist meiner!«, rief Dongi.

Goldi nahm Reißaus, den Schuh immer noch im Maul. Sein oberer Rand war bereits durchnässt und durchgekaut.

»Mein Schuh!« Dongis Lippen bebten.

In der Annahme, der Junge wolle mit ihr spielen, näherte sich Goldi ihm schwanzwedelnd.

Dongis Gesicht lief rot an, er warf sich auf den Boden und brach in Tränen aus. Goldi hüpfte um Dongi herum, stellte ihm spielerisch die Pfoten auf die Brust.

»Warum hast du das getan?«, schrie Dongi, die kleinen Hände zu Fäusten geballt. Er stieß Goldi von sich, die sich winselnd hinkauerte.

»Ich wusste es! Geschieht dir ganz recht!«, rief Flecki aus sicherer Entfernung und lachte schadenfroh. Goldi war bisher noch nie geschlagen worden. Sie funkelte ihn an, bis er den Blick senkte und am Maschendraht herumknabberte. Zotti näherte sich Goldi vorsichtig. Wenn sie Knirps mehr geleckt und getröstet hätte, wäre er vielleicht nicht gestorben, und sie wollte nicht, dass so etwas noch einmal geschah.

»Gib ihn zurück!«, schrie Dongi und stampfte mit dem kleinen Fuß auf. »Gib ihn sofort wieder her!«

Sein Geschrei lockte die Erwachsenen aus dem Haus. Großvater Griesgram war der Erste, gefolgt von Dongis Mutter. Großmutter kam mit der Schöpfkelle in der Hand hinterher, und auch Dongis Vater Chanu schlurfte müde in den Hof.

Großvater entdeckte den zerbissenen Schuh, drehte sich um und strafte die Welpen mit einem finsteren Blick. »Ihr kleinen Biester!«, sagte er, während er nach dem Besen griff.

Goldi wich mit eingekniffenem Schwanz zurück.

»Lauf!« Zotti stampfte mit den Vorderpfoten auf.

Goldi flitzte davon, Großvater Griesgram rannte besenschwingend hinter ihr her. Der Welpe raste an den Steinguttöpfen vorbei zum Gemüsebeet, zwängte sich unter dem Tor hindurch und floh nach draußen.

Aufgebracht kam Großvater Griesgram zurück, sein Atem bildete kleine Wölkchen in der kalten Luft. Unvermittelt schlug er mit dem Besen nach Zotti und erwischte sie am Rücken. »Wie konntest du den schönen, neuen Schuh einfach so kaputt machen?«

Zotti flüchtete. Das war ungerecht, schließlich hatte sie nichts getan. Traurig schaute sie zurück. Großvater Griesgram schwenkte immer noch den Besen.

»Aber das war doch Goldi, Großvater«, brachte Dongi schniefend heraus.

Statt sich bei Zotti zu entschuldigen, fing Großvater Griesgram an, im Hof Schnee zu kehren. »Wo hat der Köter bloß gelernt, Schuhe zu ruinieren?«, knurrte er.

Zotti tat der Rücken weh. Mit gesenktem Kopf schlich

sie in den Zwinger. Das Ganze ergab keinen Sinn. Mal schien Großvater sie gernzuhaben, mal behandelte er sie wie eine Aussätzige. Wenn er sie so anbrüllte, wagte sie sich nicht in seine Nähe.

Nach dem Frühstück ging Großvater Griesgram ins Dorf, um Dongi neue Schuhe zu kaufen, kam jedoch kurz darauf zurück, da der Laden über Neujahr geschlossen hatte.

»Wie kannst du so seelenruhig fressen, obwohl du Dongis neue Schuhe ruiniert hast?«, warf Großvater Griesgram Goldi vor, die sich wieder zurück in den Hof gewagt hatte und nun ungerührt die Reste der Neujahrssuppe hinunterschlang. Wenn es ums Essen ging, ließ sie sich durch nichts aus der Ruhe bringen.

Ihre Mutter kaute zufrieden auf einem Knochen herum – ein seltener Leckerbissen. »So sind Welpen nun mal«, murmelte sie. »Sie müssen Fehler machen, um zu lernen. Außerdem müssen wir unsere Zähne schärfen. Das tun wir schon seit Generationen.«

Zotti hatte ihre Mahlzeit bereits beendet und lag in der Sonne. Flecki versuchte, sie zum Spielen zu animieren, doch Zotti war zu geknickt, um darauf einzugehen. Dongi, dessen winzige Füße in den großen, fellgefütterten Schuhen seines Großvaters steckten, kam angelaufen. Zotti war angespannt, lief aber nicht weg.

»Du hast eine Mähne wie ein Löwe«, sagte Dongi und

hockte sich neben sie. Zotti sah den kleinen Jungen an, seine funkelnden Augen und geröteten Wangen. »Dein Fell ist so lang. Viel zu lang.« Er tätschelte ihr den Kopf, streichelte ihr den Rücken, pikste sie ins Bein und strich ihr das Fell zurück, damit er ihr in die Augen sehen konnte. Der kleine Junge roch süßlich. Er fischte etwas aus seiner Hosentasche. »Hier. Das ist eine Praline.«

Zotti schnüffelte an dem unbekannten, runden Gegenstand, dann fraß sie ihn. Er schmeckte köstlich, und Dongi hielt ihr die Finger hin, damit sie sie ablecken konnte.

»Das kitzelt! Du kitzelst mich!«

Zotti mochte Dongis Kichern und seine helle Stimme, die so ganz anders war als die von Großvater Griesgram. Seine kleinen Hände waren sanft und liebevoll. Er holte einen Kamm, kämmte Zotti das lange Fell aus und steckte die Haare, die ihr über die Augen hingen, mit einer Wäscheklammer hoch. Es war ein ungewohntes Gefühl, aber nicht unangenehm. Zotti schloss die Augen und entspannte sich.

»Ich will auch gekämmt werden!«, rief Flecki und hüpfte um sie herum.

»Ich auch, ich auch! Nimm lieber mich, die da ist doch schmutzig.« Goldi war eifersüchtig.

»Ja, die mag doch keiner.«

Sie drehten sich auf den Rücken und sprangen umher,

doch Dongi war so sehr mit Zottis langem Fell beschäftigt, dass er die anderen Welpen gar nicht bemerkte.

»Komm, Dongi, wir müssen nach Hause.« Chanu nahm den Jungen auf den Arm, weil der ja keine Schuhe mehr hatte.

Dongis Mutter kam mit mehreren Taschen in der Hand in den Hof. Zotti legte den Kopf schief. Hatte sie nicht nur eine Tasche dabeigehabt, als sie gekommen waren?

Großvater Griesgram machte ein mürrisches Gesicht. »Warum müsst ihr schon so früh gehen? Dongis schöne, neue Schuhe sind ruiniert, ihr könntet wenigstens bis morgen bleiben, damit wir ihm ein neues Paar kaufen können.«

Zotti fragte sich, ob ihn überhaupt jemand gehört hatte. Dongis Eltern gingen zum Tor, genauso wie Großmutter, die ihnen noch weitere Dinge hinterhertrug. Großvater folgte ihnen widerstrebend, blieb jedoch am Tor stehen.

»Auf Wiedersehen«, sagte Dongis Mutter. »Wir kommen bald wieder.«

Dongi winkte Zotti vom Arm seines Vaters aus zu. »Auf Wiedersehen, Zotti!«

Zotti trottete hinter ihnen her und wünschte, sie wären noch geblieben – sie hätte gerne mit Dongi weitergespielt.

»So vieles im Leben läuft anders, als man möchte«, murmelte Großvater Griesgram und seufzte. »Chanu kümmert sich bestimmt wieder häufiger um uns, sobald er beruflich mehr Erfolg hat, da bin ich mir ganz sicher. Dann wird er uns zu sich holen. Es wäre dumm, mehr von ihm zu verlangen, schließlich konnten wir auch nichts für ihn tun.« Er ließ die Schultern hängen. »Das Haus wird sich leer anfühlen. Sie kommen nicht so oft, wie sie sollten. Ach, der Junge wird mir fehlen.« Er nahm den Besen zur Hand und fing an, den Hof zu kehren, obwohl dort fast kein Schnee mehr lag.

Die Hundemutter lauschte angespannt, dann fing sie an zu kläffen. Kurz darauf trat die Nachbarin durch das Tor. »Was hast du vor?«, neckte sie Großvater Griesgram. »Willst du deinen Hof weiterfegen, bis auch das letzte Flöckchen weg ist?«

Verlegen lehnte Großvater den Besen an den Persimonenbaum.

Zotti ging zu der Nachbarin und schnüffelte an ihrem Bein. Sie roch erdig nach der chinesischen Medizin, die sie in ihrer Akupunktur-Praxis benutzte.

Die Nachbarin musterte Goldi. »Verkauf mir den da«, bat sie. »Es wird sich für dich lohnen, das verspreche ich dir.«

Goldi spitzte die Ohren und kläffte. Flecki fiel mit ein. Ihre Mutter bellte am lautesten. Zotti geriet in Panik. Verkaufen? Das bedeutete, dass Goldi von zu Hause weggehen und nie mehr wiederkommen würde.

»Nein, den nicht.« Großvater schüttelte den Kopf.

Zotti sah Goldi überrascht an. Großvater Griesgram schimpfte ständig mit Goldi. Mochte er sie etwa doch? Wen würde er stattdessen verkaufen? Zottis Nackenfell sträubte sich.

»Ah, willst du sie als Zuchthündin benutzen?«

»Natürlich. Sie ist die Kräftigste.«

»Aber sie gefällt mir am besten. Einen anderen Hund will ich nicht«, beharrte die Akupunkteurin.

»Tut mir leid, es geht nicht. Die Mutter ist zu alt, um noch einmal zu werfen.« Großvater Griesgram sah zuerst Flecki, dann Zotti an. Zotti wich zurück, aus Angst, er könne sie zum Verkauf anbieten. Sie drehte sich um und schlich langsam in den Zwinger.

VERDÄCHTIGES FUTTER

Die Jungen werden erwachsen und die Alten müde. Nur, wer den Winter durchlebt hat, weiß, was er verbirgt. Der Winter hat viele Geheimnisse«, sagte die alte Katze oben auf der Mauer. Ihre Bewegungen waren langsamer und ihre Stimme schwächer geworden. Sie war sichtlich abgemagert, offenbar hatte auch sie einen harten Winter gehabt.

»Wag es ja nicht, rüberzukommen«, kläffte Zotti sie an.

Die alte Katze zuckte zusammen, obwohl sie auf der Mauer in Sicherheit war. Die Welpen waren ein ganzes Stück gewachsen. »Dich hat der Winter ebenfalls verändert«, zischte sie, und ihre Augen verengten sich zu schmalen Schlitzen.

»Wie soll der Winter mich schon verändert haben?«

»Sieh dich doch an. Du bist eine andere geworden. Einen Hund wie dich habe ich noch nicht gesehen.«

Zotti missfiel die Art, wie die alte Katze sie mit schief gelegtem Kopf musterte. Was sollte der Winter mit ihr gemacht haben? Ihre Mutter hatte nichts an ihr bemerkt. Andererseits duldete sie Zotti auch kaum in ihrer Nähe.

»He, wer ist Zottis Vater?«, rief die Katze der Mutter zu.

»Wie kannst du es wagen? Was willst du damit andeuten?« Wütend funkelte die Hündin sie an.

Die alte Katze kicherte. »Findest du es nicht auch seltsam, dass dieses Junge so blauschwarz und langhaarig ist? Und jetzt wird das Fell auch noch weiß! Ist das etwa schon das Alter, obwohl es noch nicht mal erwachsen ist? Auf Zotti lastet der Fluch des Winters!«

Ihr Fell wurde weiß? Zotti untersuchte es. Ihre langen, drahtigen Haare sahen tatsächlich aus wie mit weißem Staub gesprenkelt, aber sie hatte immer angenommen, das wäre Schmutz, der bei ihren Streifzügen durch die Straßen haften geblieben war.

»Irgendwas hat der Winter ganz sicher mit dir gemacht«, sagte die Katze.

»Und was?«, fragte Zotti.

Die Katze schnalzte missbilligend mit der Zunge. »Dummer Hund! Muss man dir denn alles erklären?«

»Warum sagst du es mir nicht einfach? Ist bestimmt sowieso nur Unsinn«, gab Zotti zurück.

»Wie unhöflich! Ihr Hunde habt die Nase den ganzen Tag am Boden und interessiert euch für nichts anderes. Ihr könnt das große Ganze nicht sehen.«

»Sei still und mach, dass du wegkommst!«, knurrte die Mutter.

Die alte Katze schlenderte zum anderen Ende der Mauer, gähnte, machte einen Buckel und streckte sich. Ihre Zähne waren immer noch scharf und ihre Bewegungen geschmeidig. »Kein Grund, ausfallend zu werden. Der Winter hat es offensichtlich auf euch abgesehen. Und es wird nicht besser, nun, da euer Herr krank ist und er heute Morgen ins Krankenhaus musste.«

»Halt die Klappe!« Die Mutter sprang auf, doch die klirrende Kette hielt sie zurück.

Von der anderen Seite der Mauer ertönte eine Stimme: »Miez, miez, Zeit fürs Fressen!«

»Und ob«, sagte die alte Katze und sprang mit einem Grinsen von der Mauer.

Zotti legte sich unter Großvater Griesgrams Fahrrad. Die Worte der Katze machten ihr zu schaffen. Was hatte der Winter mit ihr angestellt? Sie untersuchte ihre Vorderpfoten. Auch dort hatten sich hellere Haare unter die dunkleren gemischt. Wann war das geschehen? Sie leckte sich über das Fell, doch es schmeckte wie immer, und sie beschloss, ihre Mutter zu fragen. »Mama, was ist mit mir passiert?«

Ihre Mutter öffnete nicht einmal die Augen. »Mach dir darüber keine Gedanken.«

»Ich glaube, ich habe mich verändert. Was hat der Winter mit mir angestellt?«

»Kümmer dich nicht um das Geschwätz einer dahergelaufenen Katze. Du bist einfach du. Nichts hat sich verändert.«

»Aber mein Fell …«

Ihre Mutter runzelte die Stirn.

Zotti verstummte.

»Na ja, du bist so, wie du bist, weil wir viele Vorfahren haben«, sagte ihre Mutter schließlich.

»Vorfahren?« Zotti legte den Kopf schief.

Ihre Mutter räusperte sich. »Viele Vorfahren bedeuten viele verschiedene Nachfahren. Das verstehst du noch nicht. Ich glaube, du siehst aus wie unsere Sapsali-Ahnen.«

»Und deren Fell …«

»Dummes Kind!«, fuhr ihre Mutter sie an. »Großvater Griesgram liegt im Krankenhaus. Wenn es dem Besitzer nicht gut geht, muss die Familie still warten. Das ist unsere Pflicht.« Sie schloss die Augen wieder.

Ihre Mutter hatte ihr noch nie so viel erklärt. Zotti wusste, dass sie keine weiteren Fragen stellen durfte. Enttäuscht kroch sie zurück unter das Fahrrad.

Großvater Griesgram war schon seit mehreren Tagen krank, und Großmutter blieb zu Hause und kümmerte sich um ihn. Morgens wurde der Hof nicht mehr gefegt, und das Fahrrad blieb liegen. Weder das Blumenbeet noch der Gemüsegarten wurden gepflegt, und die Hunde bekamen nur Reis zu fressen.

Zotti sah zu Dongis Hose auf, die an der Wäscheleine hing. Vor ein paar Tagen war der kleine Junge wieder da gewesen. Großvater Griesgrams Sohn und Tochter waren mit ihren Familien gekommen, um ihren kranken Vater zu besuchen. Dongi spielte nur mit Zotti, bespritzte sie mit Wasser und rannte mit ihr durch den Hof und das Gemüsebeet. Er hätte gerne noch weiter mit ihr getobt, doch seine Mutter hatte geschimpft, weil er seine Hose nass gemacht hatte. Als Dongi wieder nach Hause ging, trug er die neuen roten Schuhe, die Großvater Griesgram ihm gekauft hatte. Er hatte sie auf den Schuhschrank gestellt, damit Goldi dieses Paar nicht auch noch in die Fänge bekam. Einmal hatte er gesummt und mit einem Schuh in jeder Hand getanzt, als würde er den Jungen selbst im Arm halten. Als Großmutter hereingekommen war, hatte er sofort aufgehört und so getan, als würde er etwas anderes machen.

»Ich habe solchen Hunger«, knurrte Flecki. »Wo sind denn alle?«

»Ich bin am Verhungern! Wir haben den ganzen Tag noch nichts zu fressen bekommen!« Goldi leckte den leeren Napf aus. Selbst die Wasserschüssel war leer.

»Mama, wann kommt Großmutter zurück?«, winselte Flecki.

Ihre Mutter döste wie immer mit geschlossenen Augen und reagierte nicht. Verwundert ging Zotti zum Tor. Sie hatte einen Geruch gewittert, der eine vage Erinnerung in ihr wachrief. Sie spitzte die Ohren, steckte die Schnauze durch eine Lücke zwischen den Latten und schnüffelte.

Der Geruch wurde stärker. Sie hörte das Surren von Rädern. Zotti sah zu Großvater Griesgrams Fahrrad hinüber, das am Zaun lehnte. Er konnte es also nicht sein.

Goldi spürte auch etwas, und Flecki kam ebenfalls angelaufen und lauschte aufmerksam.

»Futter!«, rief Goldi.

Flecki bellte. Ihre Mutter öffnete die Augen und rappelte sich mühsam auf.

In Zottis Kopf begann es zu pulsieren. Ein beklemmendes Gefühl breitete sich in ihrer Brust aus. Dieses Geräusch hatte sie schon öfter gehört, es gehörte zu einem Fahrrad, das häufig am Tor vorbeifuhr und das sie jedes Mal anbellte. Aber heute war irgendetwas anders. Anstatt vorbeizufahren, hielt das Fahrrad an. Zotti hörte Schritte – unbekannte Schritte. Der Geruch wurde stärker. »Was ist das? Es riecht scheußlich!« Zunehmend besorgt, trat Zotti vom Tor weg und lief im Hof auf und ab.

Flecki und Goldi schnüffelten aufgeregt im Wind. Ihre Mutter leckte sich die Lefzen und zog an ihrer Kette, die klirrend gegen die Hundehütte schlug. Die Schritte kamen immer näher, Zotti lief schneller auf und ab, und Flecki und Goldi sprangen wild umher. Ihre Mutter zerrte weiter an der Kette. Unter den unbekannten Geruch mischte sich der nach Futter.

Etwas kam über die Mauer geflogen und landete genau vor der Hundehütte. Es war ein Stück Fleisch.

ALLEIN AUF
DEM HEIMWEG

Zotti schnüffelte an dem Fleisch und wich zurück. »Das riecht komisch.« Gleichzeitig lief ihr das Wasser im Mund zusammen. Der seltsame Geruch, den sie von irgendwoher kannte, verursachte ihr Kopfschmerzen und ließ ihr das Nackenfell zu Berge stehen.

Ihre Mutter roch an dem Fleisch und knurrte. Flecki und Goldi rannten um ihre Mutter herum, wagten jedoch nicht, einen Bissen zu nehmen. »Es riecht tatsächlich etwas merkwürdig, nicht?« Ihre Mutter schnüffelte erneut an dem Fleisch und stupste es mit der Schnauze an. »Ist es verdorben?« Flecki und Goldi drängten sich um sie. Die Mutter bedachte sie mit einem strengen Blick, um sie auf Abstand zu halten.

»Mama, wir haben Hunger!«, heulte Flecki.

»Ich will Fleisch, jetzt! Ich bin am Verhungern!«, jaulte Goldi.

Sie waren alle kurz vor dem Zusammenbrechen. Sie hatten noch nicht einmal einen Schluck Wasser bekommen, seit Großvater Griesgram und Großmutter an jenem Morgen überstürzt aufgebrochen waren.

»Ich weiß, ich weiß. Wir können nicht wählerisch sein.«
Ihre Mutter biss ein Stück von dem Fleisch ab.

»Mama, nicht!« Zotti stampfte mit den Vorderpfoten und bellte.

Ihre Mutter ignorierte sie und riss einen weiteren Bissen ab. Zotti schluckte. Sie war so hungrig, dass sich ihr der Magen zusammenkrampfte.

»Ich will auch was!« Flecki und Goldi konnten sich ebenfalls nicht mehr zurückhalten und zerrten knurrend von beiden Seiten an dem Fleisch. Zotti lief ängstlich um sie herum. Vor Hunger lief ihr der Speichel aus dem Mund, doch sie hatte immer noch Kopfschmerzen von dem widerlichen Geruch.

Ihre Familie fraß das Fleisch restlos auf und beschnüffelte anschließend aufgeregt den Boden, in der Hoffnung, sie hätten ein Stückchen übersehen.

Zotti schnüffelte ebenfalls, immer noch sabbernd. Sie hätte auch einen Happen fressen sollen! Niedergeschlagen sah sie zu, wie ihre Mutter und Geschwister voll neuer Energie herumtollten. Ihr Verdacht war unbegründet gewesen. Jetzt würde sie gar nichts mehr zu fressen bekommen. Ihr war schwindelig, und sie ging zurück zum Fahrrad, um sich darunter zusammenzurollen. Sie schluckte den Speichel herunter, der sich in ihrem Maul angesammelt hatte, und schloss die Augen. Sie konnte ebenso gut ein Nickerchen machen. Hoffentlich war es schon dunkel, wenn sie wieder aufwachte, und hoffentlich war die Großmutter dann wieder zurückgekehrt. Vielleicht würde sie ihnen Bohnenpastensuppe und Reis geben. Sie schüttelte sich. Statt ans Essen zu denken, sollte sie lieber versuchen, einzuschlafen.

Quietschend öffnete sich das Tor.

Zotti hob erschrocken den Kopf.

Ein Mann schob ein großes Fahrrad in den Hof, doch es war nicht Großvater Griesgram.

»Wer bist du?«, bellte Zotti. »Mama! Ein Fremder ist hier!«

Niemand rührte sich, hob den Kopf oder gab auch nur einen Laut von sich. Etwas Schlimmes war geschehen. Zotti rannte zu ihrer Mutter und stupste sie an, doch die reagierte nicht. Alle schliefen tief und fest, als wäre es mitten in der Nacht, ja, sie schnarchten sogar. Zotti wich zurück und bellte lauthals.

»Du hast nichts gefressen?«, knurrte der Fremde.

Diese Stimme! Zotti bellte erneut, ihr Nackenfell stellte sich auf. Sie erinnerte sie an alte, verbrannte Schuhe. Der Geruch hatte auch an dem Tag, als ihr Geschwisterchen geholt wurde, Kopfschmerzen bei ihr ausgelöst. Aber damals war Großvater Griesgram da gewesen. Was hatte dieser Mann heute hier verloren?

»Verschwinde!«, bellte Zotti. »Es ist niemand zu Hause!«

»Verdammt! So kann ich sie nie unauffällig mitnehmen«, murmelte der Eindringling. Er stellte das Fahrrad ab und beäugte Zotti nachdenklich, während er einen Metallkäfig vom Gepäckträger nahm.

Zotti bellte und bellte, sprang herum, machte so viel Lärm, wie sie nur konnte, doch der Fremde ließ sich nicht beirren, öffnete die Käfigtür und hob den schlaffen Körper ihrer Mutter hinein.

»Halt! Was tust du da?«, schrie Zotti.

»Zu mager und zu alt. Eigentlich ist sie es nicht wert. Hoffentlich kriege ich zumindest einen guten Preis für die Jungen.« Der Fremde ließ sich Zeit, ganz so, als wüsste er, dass niemand zu Hause war. Er legte Goldi ebenfalls in den Käfig.

Kläffend stürzte sich Zotti auf ihn und biss ihn in den Unterarm.

»Au! Du kleiner …« Der Mann gab ihr einen Schlag auf den Kopf.

Sie zuckte zurück, sprang aber sofort wieder auf ihn zu, um ihn zu attackieren.

Der Mann hob die Kette hoch, mit der die Mutter festgemacht gewesen war. »Du hast es ja faustdick hinter den Ohren! Hast wohl wildes Sapsali-Blut in den Adern. Na schön, du kommst auf jeden Fall mit.«

Zotti bellte unaufhörlich. Sie wünschte, Großvater Griesgram wäre da. Der Fremde rasselte mit der Kette, um

Zotti auf Abstand zu halten, packte Flecki am Nackenfell und zog den Körper ihres Bruders hinter sich her. Er sah erbärmlich aus.

Zotti sprang ihn an, doch der Mann war schneller. Er versetzte ihr einen Tritt, und sie fiel auf die Seite. Jetzt war ihre ganze Familie in dem kleinen Käfig eingesperrt.

»Mama! Wach auf!«, schrie Zotti. »Öffne die Augen!«

Der Mann näherte sich ihr, die Kette hinter sich herschleifend. Das metallene Geräusch schnitt ihr ins Herz. Ihr Körper brannte, und in ihrem Kopf pulsierte es.

»Komm schon. Guter Hund.« Der Fremde grinste Zotti an und enthüllte gelbliche Zähne.

Zotti kauerte sich hin, signalisierte Unterwerfung, schoss dann aber vor und verbiss sich in seinen Fußknöchel. Der Mann schrie auf, verlor das Gleichgewicht und fiel auf den Hintern, versetzte Zotti jedoch im Sitzen einen weiteren heftigen Schlag. Ihr Kopf fühlte sich an, als würde er gleich explodieren, doch sie ließ nicht locker. Schließlich bekam sie der Mann zu fassen und drückte ihr mit beiden Händen die Kiefer auseinander.

Von nebenan ertönte ein Geräusch, sodass der Mann von Zotti abließ, die sich taumelnd entfernte. Blut rann ihr über die Schnauze. Nach einigen Metern drehte sie sich um, baute sich auf und funkelte den Mann böse an.

»Das ist doch lächerlich.« Der Mann erhob sich und humpelte zu seinem Fahrrad.

Zotti wollte ihm nachsetzen, doch in ihrem Kopf drehte sich alles, und sie fiel hin. Als sie schließlich wieder benommen auf die Beine kam, fuhr der Mann mit seinem Fahrrad schon durch das Tor.

»Nein!« Mit Tränen in den Augen rannte Zotti hinterher.

Der Mann fuhr mit hoher Geschwindigkeit die schmale Gasse entlang, dicht an den Zäunen vorbei. Panisch nahm Zotti die Verfolgung auf, ihre Kopfschmerzen und das Blut auf ihrer Schnauze waren vergessen.

»Haltet den Dieb! Lass sie frei!« Sie sprintete weiter.

Das Fahrrad war zu schnell. Sie rannte durch die schmale Gasse, überquerte die Straße, das Herz klopfte ihr bis zum Hals, und ihre Brust schmerzte. Erst, als der Mann am Hügel beim Flussufer langsamer wurde, holte Zotti das Fahrrad ein. Als sie gleichauf waren, schlug sie die Zähne in den Fuß des Mannes. Er versuchte sofort, sie abzuschütteln – ohne Erfolg. Das Fahrrad schwankte, kippte jedoch nicht um, dafür rutschte dem Fremden der Schuh vom Fuß. In dem Glauben, es wäre sein Fuß, schüttelte Zotti den Schuh, bis sie einen heftigen Tritt in die Seite bekam.

»Scheißköter!«

Zotti jaulte auf, fiel die Böschung hinunter und landete mit einem lauten Platschen im Bach. Das Wasser war eisig, am Morgen hatte es noch einmal geschneit. Zotti stram-

pelte und paddelte. Sie war bis auf die Knochen durch-
gefroren, und ihr Körper fühlte sich steif an. Mit letzter
Kraft schwamm sie, bis sie festen Boden unter den Pfoten
spürte, bettete den Kopf auf einen Haufen Wasserpest am
Ufer und schloss eine Weile die Augen. Sie klapperte mit
den Zähnen. Der fremde Mann war außer Sichtweite. Nur
Dunkelheit und der kalte Wind umgaben sie. Sie schleppte
sich zur Straße. Sie war sogar zu schwach, um sich das
Wasser aus dem Fell zu schütteln. Der eisige Wind biss ihr
ins Fleisch.

Sie entdeckte den Schuh, den sie dem Mann vom Fuß
gerissen hatte, was ihre Verzweiflung nur steigerte. Es gab
nichts mehr, was sie jetzt noch tun konnte. Sie musste nach
Hause zurück. Mit dem Schuh im Maul machte sie sich auf
den Heimweg. Vielleicht fanden die anderen ja doch noch
irgendwie nach Hause. Wenn ihre Mutter in dem Käfig aufwachte, war sie bestimmt fuchsteufelswild. Sie konnte sehr
Furcht einflößend sein, wenn sie wütend war, und sie würde
nie zulassen, dass dieser Verbrecher sie einfach mitnahm.

Zotti trottete nach Hause. Eiszapfen bildeten sich in
ihrem langen Fell, und sie ließ den Schwanz hängen. Das
musste es gewesen sein – dieser schreckliche Vorfall war
das letzte Unglück, das der Winter für sie bereitgehalten
hatte. Warum tat er ihr das an? Hasste er sie?

Zotti bog in die Gasse ein und erreichte den schmalen
Pfad neben der Mauer. Sie hob den Kopf und ging langsam

zum anderen Ende der Gasse. Kein Laut war zu hören. Sie hatte einen Kloß im Hals. Heiße Tränen strömten ihr aus den Augen.

Dann sah sie Großvater Griesgram, der anscheinend wieder aus dem Krankenhaus entlassen worden war und nun wie ein Schatten vor dem Tor stand. Sie winselte, den alten Schuh noch immer zwischen den Zähnen.

»Zotti?« Großvater Griesgrams Stimme zitterte ungläubig.

Sie humpelte auf ihn zu. Er bückte sich und breitete die Arme aus, in die sie sich erschöpft hineinsinken ließ.

»Was ist passiert?« Er nahm ihr den Schuh aus dem Maul und starrte ihn an. Sein Gesicht verzerrte sich vor Zorn. Er sah Zotti an, ihr gefrorenes Fell, dann wieder den alten Schuh. Sanft umarmte er sie. Ein tiefes Stöhnen drang aus seiner Brust, und die Arme um ihren Körper bebten.

DER WEISSE HUND

Einige Zeit war seit jenem verhängnisvollen Vorfall vergangen, und Zotti war mittlerweile kein Junges mehr, als Großvater Griesgram sie eines Tages ermahnte, nicht so viel durch die Gegend zu streunen. Doch Zotti war nun ausgewachsen, und sie wollte lange Streifzüge unternehmen und dem Klang der Kirchenglocken folgen. Großvater Griesgram dagegen hätte sie am liebsten eingesperrt. Er verschloss das Tor von außen, einmal hatte er sogar versucht, ihr die Kette ihrer Mutter anzulegen, aber Zotti hatte sich vehement dagegen gewehrt. Schließlich waren die Hunde gestohlen worden, während die Hundemutter angekettet gewesen war.

»Sei vorsichtig, ja? Bleib schön zu Hause.« Großvater Griesgram trat durch das Tor und schloss es hinter sich.

Zotti sah ihm durch die Latten des Tors nach. Sie fühlte sich einsam.

»Du willst raus, stimmts?«, schnaufte die alte Katze auf der Mauer. In letzter Zeit war sie nicht mehr ganz sie selbst. Am Vortag war sie sogar von der Mauer gefallen. »Die

Alten zerbrechen sich den Kopf über alles Mögliche, aber die Jungen sind nicht aufzuhalten.«

»Sei still!«, ahmte Zotti ihre Mutter nach. Nun, wo nur noch sie da war, fiel ihr die Verantwortung zu, das Haus zu bewachen, bis ihre Mutter und Geschwister zurückkamen. Sie hatte die rätselhaften Andeutungen der alten Katze gründlich satt. Obwohl die Katze sich viel auf ihr immenses Wissen einbildete, ergab nichts von dem, was sie sagte, einen Sinn.

Zotti sah zu dem alten Schuh hoch, den Großvater Griesgram oben an den Zwinger gehängt hatte. Sie würde nie vergessen, was passiert war. Wenn alle wieder zu Hause waren, würde sie ihnen erzählen, was es mit dem Schuh auf sich hatte. Sie nickte ein, hob jedoch den Kopf, als sie die Kirchenmusik hörte, die in den stillen Hof sickerte, sie in den Ohren kitzelte, ihr Dinge einflüsterte und sie beschwor, ihr zu folgen. Sie sah sich um. Wo war die alte Katze? Vom Nachbarhof drang ein leises Winseln. Es war der Hund der Akupunkteurin, der immer angekettet war, weil er so gerne herumstromerte und Ärger machte. Zum Glück bedeutete das, dass er sie nicht allzu oft belästigte. Er hatte versucht, sich mit ihr anzufreunden, doch sie wusste, dass er nichts taugte.

Sie duckte sich flach auf den Boden und kroch unter dem Tor durch. Großvater Griesgram glaubte, es genügte, das Tor abzuschließen, und ahnte nicht, dass sie den Hof auf diese Art jederzeit verlassen konnte. Sie blieb nie allzu lange weg, denn seit ihre Familie entführt worden war, machte es Großvater nervös, wenn das Haus unbewacht zurückblieb.

Zotti wurde von der Musik angezogen. Sie ging in Richtung Kirche, markierte ihr Revier. Zuerst hatte sie damit nur Goldi nachgeahmt, aber jetzt war es zu einer Gewohnheit geworden, ihre Art, den anderen Hunden mitzuteilen, dass sie sich fernzuhalten hatten. Besonders dem dummen Hund der Akupunkteurin. Der Allee folgend, erreichte sie nach kurzer Zeit die Uferböschung. Der Ort erinnerte sie daran, was mit ihrer Familie geschehen war. Ihr Fell sträubte sich, und sie hatte einen Kloß im Hals.

Während sie weiter den Bach entlanglief, lauschte sie der Musik. Summend ging sie an Korn- und Reisfeldern, Dorfversammlungshalle und Schweinefarm vorbei. Hinter dem Gemischtwarenladen gelangte sie an eine schmale Kreuzung und blieb stehen. So weit hatte sie sich noch nie allein vorgewagt. Sie war zwar ein paar Mal mit Großmutter in Großvater Griesgrams Trödelladen gewesen, aber das war das erste Mal, dass sie sich ohne Begleitung über diesen Punkt hinauswagte.

Sie entschied sich für eine Gasse zu ihrer Rechten und erreichte am anderen Ende einen dicht mit Pinien bewachsenen Hügel. Dahinter lag die Kirche. Langsam näherte sie sich dem großen Gebäude mit dem spitzen Turm. Die

Musik kam eindeutig von dort, aber wer machte sie? Zotti war angespannt. Alle möglichen seltsamen Gerüche und Geräusche umschwirrten sie. Dann verstummte die Musik. Zotti sah sich um. So war es immer, irgendwann brach die Musik unvermittelt ab. Wieso?

»Hallo, was bist du denn für ein kleines, haariges Ding?«

Zotti fuhr herum. Ein dürrer, scheckiger Hund mit langen Beinen näherte sich ihr grinsend und beschnüffelte sie. »Wie heißt du? Wo wohnst du? Du siehst nett aus.«

Besser, sie machte sich aus dem Staub. Sie war nicht gekommen, um Freundschaften zu schließen, schon gar nicht mit einem unangenehmen Hund wie diesem.

»He, du!«, knurrte ein anderer Hund und versperrte ihr den Weg. Er hatte eine wie zerquetscht aussehende Schnauze und kurze Beine. Zotti trat einen Schritt zurück.

Ein brauner Streuner mit struppigem Fell und eingetrocknetem Sekret in den Augen gesellte sich zu ihnen. »Das hier ist unser Revier«, sagte er und fletschte die Zähne.

Der Hund mit der zerquetschten Schnauze trat einen Schritt vor. »Du markierst dein Revier, obwohl du nur eine Hündin bist. Damit handelst du dir garantiert Ärger ein.«

»Wir sollten ihr eine Lektion erteilen«, bemerkte der braune Hund.

Der Hund mit der zerquetschten Schnauze beschnüffelte sie und wollte sich hinter Zotti begeben, um sie zu untersuchen. Nach einem Fluchtweg spähend, wich sie weiter zurück. Nun kam auch der braune Hund mit selbstbewussten Schritten auf sie zu, gefolgt von dem scheckigen Hund. Der Scheckige war anscheinend weniger mutig als die beiden anderen. Er versteckte sich erst hinter dem einen, dann hinter dem anderen Hund und ließ Zotti nicht aus den Augen.

Zotti spürte, wie sich ihre Muskeln anspannten. Sie würde kämpfen müssen, wenn sie angegriffen wurde. Wenn sie sie für feige hielten, würde sie es nie zurück nach Hause schaffen. »Ich will niemanden belästigen«, sagte sie ruhig und höflich und wandte sich zum Gehen.

»Du kapierst es nicht, was?«, höhnte der scheckige Hund. »Du belästigst uns schon, indem du überhaupt hier aufgekreuzt bist.«

Der Hund mit der zerquetschten Schnauze knurrte erneut. »Wir haben hier gewisse Regeln. Du kannst nicht einfach kommen und gehen, wie es dir passt.« Er duckte sich, spannte die Muskeln seiner breiten Brust und kräftigen Beine an. Er war zum Angriff bereit.

Der braune Streuner tat es ihm gleich.

Was würde ihre Mutter jetzt tun? Oder Goldi? Sie würden kämpfen, wenn es sein musste, doch sie wollte keinen Ärger. Sie atmete schneller, und ihr Körper versteifte sich.

Der braune Streuner sprang auf sie zu. Zotti schloss die

Augen. Ihre Schulter schmerzte. Dann kam sie wieder zur Besinnung. Sie senkte den Torso, und ihr Körper war gespannt wie ein Bogen. »Bleib mir vom Leib!«, knurrte sie.

Sie hatte sich zu leicht geschlagen gegeben, als der Dieb ihre ganze Familie mitgenommen hatte. So etwas würde sie nie wieder mit sich machen lassen. Schließlich war sie kein Welpe mehr. Nacheinander musterte sie die drei Hunde, die sie umringten. Gegen einen von ihnen musste sie gewinnen, am besten gegen den Anführer. Sie duckte sich und beschloss, den Hund mit der zerquetschten Schnauze anzuvisieren. Er schien der Stärkste und Selbstbewussteste zu sein. Sie tat so, als wollte sie sich zurückziehen, dann bäumte sie sich auf und biss ihn in den Nacken. Die anderen stürzten sich auf sie.

»Ein Hundekampf! Sieh nur, das Blut!« Mehrere Kinder kamen auf sie zugerannt.

»Gibs ihm! Gibs ihm!«

»Das ist so ungerecht, der Langhaarige ist ganz allein!«

»Das ist der Hund vom Trödler. Wir müssen ihm Bescheid sagen!«

Ein paar der Kinder versuchten mit Stöcken, sie zu trennen, aber die meisten standen einfach nur da und sahen gebannt zu. Die vier Hunde wälzten sich ineinander verkeilt über den Boden. Zotti hatte das Gefühl, ihr würden sämtliche Knochen zerquetscht. Sie war mehrfach gebissen worden. Schließlich entkam sie den anderen

Hunden und schlug dem mit der zerquetschten Schnauze die Zähne ins Genick. Der krümmte sich vor Schmerz.

Plötzlich wichen die anderen Hunde zurück, und auch Zotti löste ihren Biss. Hatte da ein weiterer Hund »Schluss jetzt!« gerufen? Hechelnd sah sie sich um.

»Ich hab euch doch gesagt, ihr sollt keinen Ärger machen!«, sagte eine tiefe, klare Stimme. Zotti hatte es sich also nicht eingebildet.

Der braune Streuner und der scheckige Hund schlichen mit eingekniffenen Schwänzen durch die Menge davon. Der Hund mit der zerquetschten Schnauze wich fast kriechend zurück. Zotti spähte durch das Fell über ihren Augen. Ein weißer Hund mit gesträubten Nackenhaaren stand würdevoll in der Menge. Das musste der Leithund dieses Viertels sein.

»Der langhaarige Hund hat echt was drauf! Wem gehört er?«, rief einer der Schaulustigen.

»Der Köter hat ganz schön was einstecken müssen.«

Mit schmerzendem Körper ging Zotti langsam davon. Ihr tat alles weh, doch sie ging erhobenen Hauptes und ohne sich umzudrehen. Sie hatte noch einen weiten Weg vor sich bis nach Hause. Tränen traten ihr in die Augen.

»Alles in Ordnung?«

Überrascht drehte Zotti sich um. Es war der weiße Hund. Sie ging in Angriffshaltung. Würde sie kämpfen müssen? Doch er sah eher besorgt aus, und sein Nackenfell war nicht mehr gesträubt. Sie entspannte sich.

»Das war sehr gefährlich«, fuhr er fort. »Denen solltest du aus dem Weg gehen.«

Zotti zuckte die Schultern. Sie musste nach Hause. Wären nur ihre Mutter und ihre Geschwister da gewesen – sie hätten ihre Wunden lecken und sie trösten können.

»Jemand wie du ist mir noch nie begegnet«, sagte der weiße Hund. »Ich habe noch nie eine Hündin so kämpfen sehen.«

Seine Bemerkung war ihr unangenehm und ärgerte sie zugleich. Was wollte er damit sagen? Nur, weil sie eine Hündin war, hieß das noch lange nicht, dass sie sich nicht wehren konnte. Am liebsten hätte sie ihn ebenfalls gebissen.

Der weiße Hund näherte sich ihr. Wortlos begann er, ihre Wunden zu lecken.

DER VERRAT

Zotti fuhr wieder und wieder mit der Zunge über das schwarze Fell des Welpen.

»Hör auf, Zotti. Er ist tot.« Großvater Griesgram schob den winzigen Welpen, der schon kalt war, beiseite.

Zotti setzte sich auf. Sie war am Boden zerstört. Er war der Kleinste und Schwächste aus dem Wurf gewesen. Sein Leben hatte nur zwei Tage gedauert.

»Er sieht genauso aus wie du«, sagte Großvater mitfühlend. »Es tut mir leid, dass er so früh sterben musste.«

Zotti ließ den Kopf hängen. Was hatte sie falsch gemacht? Sie hatte ihn abgeleckt und dafür gesorgt, dass ihm nichts zustieß. Wenn die anderen Welpen näher an sie herangekrochen waren, hatte sie darauf geachtet, dass sie ihn nicht erdrückten. Doch er hatte unablässig gezittert, schwach geatmet, und seine Bewegungen waren langsam gewesen. Noch größere Sorgen hatte Zotti allerdings sein Geruch bereitet: Er war von Anfang an säuerlich gewesen, nicht süßlich, wie bei den anderen Welpen.

Großvater Griesgram stellte einen Napf mit Algensuppe vor sie hin. »Hier. Du musst ordentlich fressen, damit deine Welpen groß und stark werden.«

Warum war der Kleine überhaupt zur Welt gekommen? Er hatte nicht einmal laufen gelernt. Traurig sah Zotti zu Großvater Griesgram auf.

»Das muss schwer für dich sein, weil es dein erster Wurf ist«, sagte Großvater. »Manchmal sterben Welpen einfach. Es ist besser so. Was, wenn er später einmal zu schwach gewesen wäre, um seine Pflichten zu erfüllen?«

Zotti winselte und musste an ihr jüngstes Geschwisterchen denken, das im Gemüsebeet den Tod gefunden hatte. Hätte ihr Junges überlebt, wenn sie es öfter abgeleckt hätte?

Großvater Griesgram deutete auf die Suppe. »Zotti, jetzt hör auf zu winseln und friss!«

Zotti leckte ihm die steife Hand, und er strich ihr sanft über den Nacken. Seine Liebkosungen erinnerten sie daran, dass sie, obwohl sie einen Welpen verloren hatte, noch mit drei weiteren gesegnet war, einem weißen und zwei grauen. Langsam erhob sie sich. Die Welpen, die gerade am Trinken waren, lösten sich von ihren Zitzen.

Großvater Griesgram verließ den Zwinger und schloss die mit Decken verhängte Tür hinter sich. »Ich habe mir umsonst Sorgen gemacht! Sie ist eine gute Zuchthündin, das merkt man sofort.«

Zotti fraß die Suppe und dachte an den weißen Hund.

Viel Zeit war vergangen, der Frühling war vorbei, und der heiße Sommer schwand dahin. Nach ihrer ersten Begegnung hatten sie sich nicht wieder gesehen. Er fehlte ihr, und er wusste noch nicht einmal von seinem Nachwuchs. Die Welpen würden zu stattlichen Hunden heranwachsen, wie ihr Vater, und besonders der weiße Welpe sah ihm sehr ähnlich, bis hin zu den spitzen Ohren.

Zotti steckte die Schnauze in den Napf und fraß, bis der Boden sichtbar wurde. Dann legte sie sich auf die Seite, und die Welpen suchten tastend einen Weg zu ihrem Bauch. Sie schaute auf ihre sich windenden Jungen hinunter. Drei Kinder waren einfach zu wenig. Wäre der schwarze Welpe noch da, würde sie kein solches Gefühl des Verlusts empfinden. Doch sie wusste, sie würde irgendwann darüber hinwegkommen.

Wie konnten so kleine, zerbrechliche Wesen schon selbstständig atmen? Und jedes strahlte bereits seine eigene Körperwärme ab. Zum ersten Mal, seit ihre Mutter und ihre Geschwister entführt worden waren, hatte Zotti eine eigene Familie.

Großvater Griesgram würde ihr schwarzes Junges unter dem Persimonenbaum begraben. Wenn es nicht mehr ihr Kind sein konnte, würde es zu Leben spendender Erde werden. Sie atmete tief ein. Obwohl der große Zwinger mit Decken verhangen war, konnte sie alles riechen, was draußen vor sich ging. Die alte Katze war dort und verging vermutlich fast vor Neugier darüber, was sich im Zwinger abspielte. Zotti rümpfte die Nase und lächelte in einem Gefühl der Überlegenheit. Die alte Katze konnte keine Jungen mehr bekommen, da halfen auch keine weisen Sprüche.

Zotti sah erneut auf die Welpen hinunter. Sie würde sie vor der Katze beschützen. Sie würde nicht zulassen, dass ihnen etwas passierte. Schon bei dem Gedanken daran, was vor langer Zeit mit Knirps geschehen war, sträubte sich ihr Fell. Doch hier im Zwinger hatte sie nichts zu befürchten, Großvater würde dafür sorgen, dass sie nicht gestört wurden. Hinter den Decken hatten sie ihre Ruhe, und Großvater war der Einzige, der ihnen Futter brachte. Er ließ die ganze Nacht das Licht brennen, damit sich Zotti gut um ihre Kleinen kümmern konnte.

Bald öffneten die Welpen die Augen und wurden mit der Zeit immer rundlicher. Es würde nicht mehr lange dauern, bis sie sich aus dem Zwinger wagten.

»Geht nicht so nah an den Zaun, Kinder. Nehmt euch vor der Nachbarskatze in Acht. Sie sieht zwar alt und harmlos aus, aber sie ist zu allem fähig«, warnte Zotti.

Die alte Katze höhnte jedes Mal: »Was wissen die schon?«

Eine Schlechtwetterfront brachte eine Tragödie mit sich. An einem windigen, wolkenverhangenen Tag waren die Welpen sicher im Zwinger, während der Aprikosenbaum neben der Hundehütte vom Wind gebeutelt und gepeitscht wurde, ebenso wie die Kamelie und der Persimonenbaum. Abgerissene Blätter flatterten durch die Luft. Die Zweige bogen sich unaufhörlich, bekamen keine Gelegenheit, sich wieder aufzurichten. Fensterscheiben erzitterten, und die Dachziegel auf Großvater Griesgrams Dach klapperten gefährlich. Am Himmel zogen schwarze Wolken auf, und die Welpen drängten sich zitternd und winselnd aneinander. Sie hatten große Angst.

Zotti lief unruhig aus dem Zwinger rein und raus. Wo blieb Großvater Griesgram? Jeder Windstoß schien das Dach anzuheben. Die üppigen Blätter der Kürbisranke, die sich an der Mauer emporwand, raschelten und rauschten. Ein großer Kürbis fiel herunter. Zotti bellte verängstigt. Eine jähe Bö fegte einen Großteil der Ziegel vom Dach, das sich aufbäumte wie eine angreifende Schlange. Die Ziegel zerschellten am Boden und am Nachbarhaus.

Zotti zog sich in ihre Hütte zurück und rollte sich ein. So etwas hatte sie noch nie erlebt. Regen prasselte auf das Dach der Hundehütte. Im Blumenbeet bildete sich ein Sturzbach. Abgerissene Blätter trieben auf dem Wasser, das den Gemüsegarten überschwemmte. Sie legte sich die Vorderpfoten auf den Kopf.

Irgendwann ließ der Sturm nach, und Großvater Griesgram kam nach Hause. Zotti war froh, ihn zu sehen, obwohl er nichts mehr ausrichten konnte. Bei dem Versuch, den verbliebenen Teil des Daches zu sichern, wurde er nass bis auf die Haut.

Am nächsten Morgen war der Spuk vorbei. Der Sturm hatte überall Chaos hinterlassen. Großvater Griesgram sah sich stirnrunzelnd um. Die Nachbarin kam vorbei, um sich über den Schaden zu beschweren, den seine Dachziegel an ihrem Haus verursacht hatten. »Wenn ihr euer Dach reparieren lasst, kannst du unseres auch gleich richten lassen.«

Großvater Griesgram seufzte, erwiderte jedoch zuversichtlich: »Natürlich.«

»Danke, das wäre großartig.«

Für Zotti klang sie wie die alte Katze: kalt und anspruchsvoll.

»Verdammt«, knurrte Großvater Griesgram, nachdem die Nachbarin gegangen war. »Das wird teuer. Ich habe noch nicht mal die neue Ware abbezahlt, und Chanu kann ich nicht um Hilfe bitten, da beim Sturm auch sein Ladenschild beschädigt wurde.« Das Gesicht in Falten gelegt, rauchte er eine Zigarette nach der anderen. Durch den Rauchschleier beobachtete er die Welpen, die im trümmerübersäten Gemüsebeet herumtobten.

Am nächsten Tag legte Großvater Griesgram Zotti eine Kette um. Sie widersetzte sich bellend, versuchte, ihm begreiflich zu machen, dass sie ihn nicht stören würde, wenn er sie in Ruhe ließ. Doch er band sie an einer Säule fest. Sie war nicht glücklich darüber, verstand ihn jedoch: Sie sollte ihm nicht im Weg sein, während er den Hof aufräumte.

Dann kam ein Mann durch das Tor.

Zotti quollen fast die Augen aus dem Kopf, und sie bellte zornig. Es war der Mann, der ihre Familie entführt hatte. Sie schoss vor und knurrte.

Der Mann zuckte zusammen, setzte jedoch gleich wieder sein unterwürfiges Lächeln auf. »Wie ich sehe, haben sie gute Gene. Sehr temperamentvoll.«

»Wie viel für alle drei?«, fragte Großvater Griesgram unverblümt und verzog das Gesicht.

Zotti starrte Großvater verständnislos an.

Der Mann grinste. »Die Große verkaufst du nicht?«

»Nein, ich brauche sie noch. Für die Zucht.«

»Sie sind schon in Ordnung, aber eben noch Welpen«, sagte der Mann und schniefte.

Zotti wurde bang ums Herz. Großvater Griesgram wollte all ihre Welpen verkaufen?

»Hör zu«, sagte Großvater barsch. »Ich kenne mich mit Hunden aus. Solche Welpen findest du sonst nirgends. Ich würde das hier nie tun, wenn ich mein Dach nicht reparieren lassen müsste.«

Nicht ihre Kleinen! Zotti griff an. Die Kette spannte sich straff, als sie versuchte, den Hundehändler zu beißen. Ihre Krallen kratzten über den Boden, doch sie kam nicht mal in seine Nähe. Schaum bildete sich vor ihrem Maul.

Zotti wusste, sie würde jeden in der Luft zerreißen, der ihren Welpen zu nahe kam.

Ohne mit der Wimper zu zucken, warf er Zotti einen Blick zu. »Ganz schön aggressiv, der Köter.«

Wie konnte er es wagen? Zottis Augen brannten, und ihre Brust zog sich zusammen. Wie konnte Großvater Griesgram sie so verraten?

»Pass auf, was du sagst«, warnte der. »Hunde verstehen jedes Wort.«

Der Hundehändler lachte. »Ach ja?«

»Glaubst du etwa, sie weiß nicht, dass du ihr ihre Welpen wegnehmen willst? Machen wir es kurz und schmerzlos. Ich überlasse sie dir für einen guten Preis, auch wenn ich alles andere als glücklich darüber bin.« Großvater Griesgram ging zum Zwinger.

Die Welpen brachen in Tränen aus. Zotti sprang hoch und zerrte an der Kette. Sie hätte den Hundehändler fester beißen sollen, als sie die Gelegenheit dazu hatte. Sie hätte ihn nie loslassen dürfen.

»Welchen Sinn hat es, Hunde mitzunehmen, die noch viel zu klein sind?«, murmelte der Hundehändler. Er folgte Großvater Griesgram zum Zwinger, blieb jedoch stehen, als er den alten Schuh erspähte, der daran hing. »Wenn ich's mir recht überlege, nehme ich sie doch. Ich … ich weiß, sie stammen von guten Eltern ab.«

GROSSVATERS UNTERARM

Zotti war angebunden und im Zwinger eingesperrt. Ihr Napf war gefüllt, doch sie rührte das Futter nicht an. Die Kette klirrte, während sie auf und ab ging und Großvater Griesgram nicht aus den Augen ließ, der gerade das Dach seines Hauses reparierte. Für das der Nachbarin hatte er Handwerker engagiert, doch um seines kümmerte er sich selbst. Zotti knurrte. Sie konnte ihm nicht verzeihen. Sie wollte ihre Kinder zurück. Vor lauter Knurren und Bellen war sie schon ganz heiser, doch sie machte trotzdem immer weiter.

Die alte Katze spazierte die Mauer entlang. »Das hör sich einer an. Was für ein Radau. Aber so ist das Leben, weißt du? Man nimmt Abschied, man stirbt, aber die Welt dreht sich weiter. Ich weiß, wie es läuft. Ich kenne keine Hündin, die mit all ihren Welpen zusammengelebt hat.«

»Halt den Mund!«, bellte Zotti.

»Ich sage dir, es hat keinen Zweck. Du weißt, wie der Alte ist. Welpen sind für ihn nicht mehr als ein Taschengeld. Sie sind fort, Zotti. Und sie kommen nicht zurück. Nie mehr.«

»Halt den Mund, hab ich gesagt!«

»Du lieber Himmel, meine Ohren! Schon gut, mach, was du willst. Ich wollte nur helfen. Eine gute Nachbarin sein. Manchmal bist du so was von einfältig.« Die Katze sprang von der Mauer.

War all das wieder einmal ein Werk des Winters? Die dämliche Katze hatte ja davor gewarnt, und obwohl Zotti nicht genau wusste, wer oder was der Winter war, musste sie sich fragen, warum er ihr immer so viel Unglück brachte. Außer Atem ging Zotti auf und ab. Großvater Griesgram hockte mit dem Rücken zu ihr im Hof. Wäre sie nicht in diesem Zwinger angekettet, würde sie zu ihm laufen und ihn beißen. Sie hasste ihn.

Großvater hatte den ganzen Morgen geschweißt, um das Dach zu sichern. Er roch noch mehr nach Metall als sonst, die Funken sprühten, und bläulicher Rauch hing in der Luft. Aus weiter Ferne drang die Musik aus der Kirche an Zottis Ohren, und ihr blutete das Herz. Sie war von tiefer Trauer erfüllt. Sie erinnerte sich daran, was sie empfunden hatte, als sie den weißen Hund kennengelernt hatte. Und wie ihre Mutter zum Himmel aufgeschaut und geheult hatte, als Knirps gestorben war. Nun glaubte sie zu wissen, wie ihre Mutter sich gefühlt hatte. Und wie sie sah sie zum Himmel auf und heulte.

»Sei still, Zotti!«, rief Großvater Griesgram.

Zotti ignorierte ihn, heulte noch lauter und durchdringender.

»Schluss jetzt! Heulende Hunde bringen Unglück.«

Zotti hörte nicht auf.

»Du kleine …« Großvater Griesgram legte sein Schweißgerät beiseite und stand auf.

Zotti heulte stur weiter. Dummer, alter Mann. Er hatte ihre Kinder einem Dieb überlassen. Wie hatte er so etwas tun können?

»Du hast die ganze Nacht gebellt, sodass niemand ein Auge zumachen konnte. Du strapazierst wirklich meine Geduld.« Großvater Griesgram schob den schwarzen Gesichtsschutz nach hinten und starrte sie finster an.

Furchtlos starrte Zotti zurück und heulte weiter. Nur so konnte sie seine Aufmerksamkeit auf sich lenken.

»Verdammt noch mal«, fuhr Großvater Griesgram sie an. »Sei still, habe ich gesagt! Du gehst mir auf die Nerven!«

Zotti machte unbeirrt weiter. Sie war empört. Es war einfach zu ungerecht.

Großvater Griesgram hatte ein feuerrotes Gesicht, als er zum Persimonenbaum ging und nach dem Besen griff, der am Stamm lehnte. »Wie kannst du es wagen!« Er öffnete den Zwinger und schlug nach Zotti. Sie hatte ihn noch nie so wütend erlebt.

Zotti wich seinen Schlägen aus, bellte und fletschte die

Zähne. Ihr Herz pulsierte bei jedem Schlag auf den Rücken, das Hinterteil oder die Beine. Die Kette schnürte ihr die Luft ab. In diesem Augenblick wäre es ihr lieber gewesen, der Dieb hätte sie zusammen mit ihrer Mutter und ihren Geschwistern mitgenommen.

»Du bringst Unglück über dieses Haus!«, brüllte Großvater Griesgram.

Sie würde ihm nie verzeihen.

»Hunde, die sich so aufführen, werden getötet«, warnte er.

Nur zu, dachte Zotti angriffslustig. Sie stürzte auf ihn zu und biss ihn in den Arm. Mit einem Aufschrei sank er auf die Knie, packte sie mit der anderen Hand am Hals, doch sie ließ nicht locker. Er stöhnte. Wären in dem Moment nicht Dongi und sein Vater in den Garten gekommen, hätte sie ihm den Arm gebrochen.

»Vater!« Chanu rannte zu ihm und schob Zotti einen Stock ins Maul, um ihr die Kiefer auseinanderzudrücken. Sie sah, dass Dongi sie wie gelähmt anstarrte. Der Blick seiner runden, schwarzen Augen rührte sie zu Tränen.

»Du Bestie! Wie kannst du deinen Herrn beißen?« Chanu packte Zotti am Nackenfell.

Großvater deutete auf Zotti. »Schneid ihr etwas Fell ab«, sagte er mit schmerzverzerrtem Gesicht.

»Was? Wozu?«

»Tu es einfach.«

»Ach, Vater, lass doch diesen abergläubischen Unsinn«, widersprach Chanu. »Wir müssen ins Krankenhaus.«

»Schon gut. Tu es.«

»Was, wenn sich die Wunde entzündet?«

»Sie hat alle Impfungen bekommen. Das wird kein Problem sein.«

»Dongi, geh eine Schere oder ein Messer holen!«, rief Chanu, dessen Hand wie ein Schraubstock um Zottis Schnauze lag.

Dongi blieb wie angewurzelt stehen und starrte Zotti geschockt an. Großvater Griesgram stützte sich am Maschendraht ab, hielt sich den Unterarm und beobachtete sie schwitzend.

»Jetzt geh schon!«, rief Chanu.

Dongi fuhr zusammen, rannte zum Werkzeugkasten und wühlte darin herum, kehrte jedoch mit leeren Händen zurück.

»Da muss irgendwo eine Schere sein«, sagte Chanu sanft. »Such sie.«

Dongi, der sichtlich mit den Tränen kämpfte, machte sich ein weiteres Mal auf die Suche und kam schließlich mit der Schere zurück.

Chanu schnitt eine Handvoll Fell von Zottis Nacken ab. Es tat nicht weh, doch sie zitterte, weil sie nicht begriff, was vor sich ging. Großvater Griesgram streckte die Hand aus. Er verließ den Zwinger. Chanu wich vor Zotti zurück, rannte nach draußen und verschloss den Zwinger. »Sieht böse aus. Wir müssen ins Krankenhaus.«

»Erst, wenn ich das hier erledigt habe«, insistierte Großvater Griesgram. Er zündete das Fell an, legte die versengten Haare auf die Bisswunde und band sie mit einem Stück Stoff fest. Der verbrannte Geruch wurde vom Wind in den Zwinger getragen. Zotti hatte nicht gewusst, was für ein schrecklicher Gestank sich in ihrem Fell verbarg.

»Du bist so gemein!«, schrie Dongi von außerhalb des Zwingers. »Warum hast du meinen Großvater gebissen?«

Zotti war wie betäubt. Sie wusste nicht mehr, was sie denken sollte, ging auf und ab und zerrte die Kette hinter sich her über den Zementboden.

UNGEWISSHEIT

Großvater Griesgram sah durch das offene Fenster seines Trödelladens zu Zotti hinüber, die vor dem Gebäude lag. »Ich sagte, geh nach Hause«, befahl er und schob seine Lesebrille hoch, die er immer trug, wenn er gerade ein Fahrrad zusammenbaute.

Zotti schaute ihn an, dann schloss sie die Augen. Im Winter war sie noch viel durch die Stadt gestreunt, aber nun, dicker und schwerfälliger, verbrachte sie den gesamten Tag vor dem Trödelladen.

Seit es Großvater Griesgram aufgegeben hatte, Zotti anzuketten, hatte sie sich beruhigt und allmählich wieder an Körpergewicht zugenommen. Zuvor hatte sie aufgrund ihres dicken und wolligen Fells zwar auf den ersten Blick kräftig gewirkt, aber sie hatte sich so erschöpft und niedergeschlagen gefühlt wie noch nie zuvor in ihrem Leben. Sie hatte den Futternapf, den Großvater ihr vor die Nase gestellt hatte, nicht einmal angesehen. Schließlich hatte er kopfschüttelnd kapituliert und sie freigelassen.

Als ihre Beine wieder kräftiger waren, folgte Zotti der Musik zur Kirche. Beim nächsten Mal ging sie noch weiter. Sie konnte nicht stillstehen. Ihr Herz war völlig leer, sie fühlte sich einsam. Immer, wenn sie das Haus verließ, hoffte sie, dem weißen Hund zu begegnen, doch vergebens. Stattdessen traf sie einen braunen Rüden mit Jagdhundblut und war bald ein zweites Mal trächtig.

Großvater Griesgram, der noch immer an dem Fahrrad herumhantierte, runzelte die Stirn. »Die Geburt steht kurz bevor. Du musst beim Haus bleiben, sonst kriegst du die Jungen noch auf der Straße.« Er steckte die Speichen horizontal in das Rad und zog die Schrauben an, dann befestigte er den Radkranz und nahm das Wachstuch von seinem Schoß. Er öffnete die gläserne Schiebetür, die ein grässliches, hohes Quietschen von sich gab, und trat nach draußen.

Zotti richtete sich erst mühsam auf, als er direkt vor ihr stand. Ihr Bauch war riesig, ihre Bewegungen behäbig.

»Du kleiner Dickkopf«, murmelte Großvater Griesgram und schob sie langsam heimwärts.

Mit einem leichten Schwanzhieb wischte sie seine Hand beiseite und schlenderte langsam weiter. Es gab keinen Ort, wo sie hinmusste, und nichts, was sie tun konnte. Sie wünschte, sie könnte ihre Jungen irgendwo anders bekommen. Als sie am Gebäude der nationalen Agrargenossenschaft um die Ecke bogen, sprang plötzlich die alte Katze mit einer geschmeidigen Bewegung aus einem der höher gelegenen Lüftungsfenster. »Heute auch kein Glück?«

Zotti ging weiter. Die alte Katze folgte ihr grinsend und verströmte dabei ihren penetranten Geruch. Zotti ignorierte sie.

»Hör auf zu träumen«, riet ihr die Katze. »Warum in die Ferne schweifen? Es gibt keinen besseren Ort als zu Hause.«

»Kümmer dich um deine eigenen Angelegenheiten.«

»Ich verstehe. Du glaubst, ich scherze. Jedes Mal, wenn ich dir einen guten Rat gebe, tust du ihn einfach ab. Ich lebe schon sehr lange. Ich weiß viele Dinge.«

Zotti starrte die Katze an, die ein paar Schritte zurückwich.

»Ich hatte auch viele Junge«, fuhr die Katze fort. »So viele. Ich weiß nicht mal mehr genau, wie viele. Und ich war genauso wie du.«

»Und?«, blaffte Zotti.

»Und keines davon ist bei mir geblieben. Sie sind alle fort. Mit einigen habe ich zusammengelebt, bis sie älter wurden, aber jetzt ist keins mehr da. Solche Dinge passieren eben.«

»Mir nicht.«

»Warum glaubst du, dass es bei dir anders ist?«, fragte die Katze. »Ein paar meiner Kätzchen wurden verkauft, mit einer Schleife um den Hals. Ein paar sind gestorben. Einer meiner Söhne ist gegangen, ohne sich von mir zu verabschieden. So was Undankbares! Er ist nie wieder zu-

rückgekehrt, dabei habe ich ihn so sehr geliebt. Oje …«
Die alte Katze verzog das Gesicht und duckte sich.

Zottis Blick folgte dem der Katze und sah, wie sich auf einem leeren Grundstück am Ende des Weges ein Kampf ankündigte. Vier Hunde hatten dort einen einsamen fünften eingekreist. Zotti schnappte nach Luft, und ihr Herz machte einen Satz: Der Hund in der Mitte war der weiße Hund. Sie dachte an all die Welpen, die sie verloren hatte. Dort hinten, nur einen Steinwurf entfernt, war der Vater dieser Welpen, der Hund, der ihr nie aus dem Kopf gegangen war. Und er saß in der Falle. Wie war es dazu gekommen? Es sah nicht gut aus. Angespannt näherte sie sich der Gruppe. Die vier Hunde schienen sich auf den Angriff vorzubereiten. Ein Brauner wirkte besonders aggressiv.

»Zotti«, flüsterte die alte Katze. »Lass uns hier verschwinden!«

Zotti hatte nie viel von den Ratschlägen gehalten, die die alte Katze ihr mit honigsüßer Stimme gab, aber jetzt wollte sie sie noch viel weniger hören. Sie musste dem weißen Hund helfen, so wie er ihr geholfen hatte.

»Misch dich nicht ein«, zischte die Katze. »Denk an deinen Zustand!«

Zotti ignorierte sie.

Die Hunde rührten sich nicht. Obwohl er sich einer Übermacht gegenübergestellt sah, wirkte der weiße Hund entschlossen. Schließlich lösten sich die Angreifer aus ihrer Starre und stürzten sich auf ihn.

Zotti zögerte. Die Hunde waren in ein Knäuel verschlungen, Staub wirbelte auf. Sie sprangen herum, wälzten sich auf dem Boden. Knurren und durchdringendes Jaulen zerrissen die Luft. Der weiße Hund war schnell, aber es waren einfach zu viele. Zotti bewegte sich langsam in Angriffshaltung auf sie zu. Sie wartete auf eine Chance, sich ins Gewirr zu stürzen. Zwar konnte sie nicht erkennen, wer wen gebissen hatte, doch der weiße Hund schien sich ganz unten zu befinden.

Sie stampfte mit den Vorderpfoten auf und bellte. Niemand nahm von ihr Notiz. Als sich vor ihr eine kleine Lücke auftat, sprang sie kurz entschlossen mitten ins Getümmel und schnappte nach allem und jedem, was sich bewegte. Doch auch sie bekam einiges ab. Ein Hund verbiss sich in ihren Oberschenkel.

Zotti wand sich. Ihr Bauch krampfte sich zusammen. Sie konnte nicht atmen. Nichts sehen. Sie war wie gelähmt, unfähig, sich zu rühren. Irgendetwas stimmte nicht. Sie stürzte in eine grasbewachsene Bodenkuhle, jemand fiel auf sie, und sie verlor das Bewusstsein.

Als sie kurz darauf wieder zur Besinnung kam, hörte sie gerade noch, wie der braune Hund »Genug jetzt!« rief und zurückwich.

Der weiße Hund hatte sich fest in einen anderen Hund

verbissen, der sich vor Schmerzen am Boden wand. Alle waren zerkratzt, blutig und verdreckt.

»Es reicht. Ich weiß, dass du stark bist«, sagte der braune Hund.

Endlich ließ der weiße Hund den anderen los.

Bevor die vier Angreifer gemeinsam davonstolzierten, deutete der braune Hund noch mit dem Kopf auf Zotti und grinste. »Wenn sie nicht gewesen wäre, hätten wir dich fertig gemacht.«

Zornig und aufgebracht sah der weiße Hund Zotti an, die sofort den Blick abwandte. Er ließ die Schultern hängen. »Du hättest dich nicht einmischen dürfen«, warf er ihr vor. »Ich weiß, du wolltest nur helfen, aber du hast mich gedemütigt. Der Anführer steht allein und fällt allein.«

Zotti wurde schwer ums Herz. Hatte sie ihm womöglich mehr geschadet als geholfen? Der weiße Hund trottete davon. Er hatte nicht einmal gefragt, wie es ihr ging. Sie versuchte aufzustehen, doch ihre Vorderbeine knickten ein. Die Wunde an ihrem Oberschenkel schmerzte. Sie versuchte, sie zu lecken, doch ihr Bauch war im Weg. Er fühlte sich hart an. Ob sich die Jungen darin fürchteten?

Großvater Griesgram hatte sich beschwert, dass sie ihre Jungen am Ende noch auf der Straße bekommen würde. Selbst die Katze hatte sie ermahnt, auf sich achtzugeben. Plötzlich bekam sie es mit der Angst zu tun. Der Tag ging zur Neige. Wie sollte sie nach Hause kommen? Es wurde immer dunkler. Gelegentlich fuhr ein Auto oder ein Fahrrad vorbei, aber niemand sah Zotti am Straßenrand liegen. Sie heulte mehrmals, damit Großvater Griesgram sie hörte, aber er ließ sich nicht blicken. Die Dunkelheit wurde immer undurchdringlicher. Sie zitterte am ganzen Körper und hatte Schmerzen. Würde sie hier sterben? Sie wollte nach Hause. Sie hatte sich schon lange nicht mehr so zerschunden und ermattet gefühlt. Erneut stimmte sie ihr Geheul an. Hörte sie denn niemand? Sie wurde schwächer und schwächer. War das das Ende? Immer öfter fielen ihr die Augen zu. Der Staub und die eisige Nachtluft hatten ihre Nase ausgetrocknet, und ihre Kehle war wie ausgedörrt.

»Zotti?«

Eine vertraute Stimme. War das nur Einbildung? Aber dann erkannte sie Großvater Griesgram, der sich langsam zu ihr vortastete. Er versuchte, sie hochzuheben, doch sie war zu schwer. »Was machst du nur für Sachen, hm?« Seine Stimme klang zwar verärgert, seine Berührungen jedoch waren sanft. Er strich ihr mit der warmen Hand über den Leib. Erleichterung machte sich in ihr breit.

»Warte hier. Ich bin gleich zurück.«

Zotti legte den Kopf wieder auf den Boden und nickte ein. Sie erwachte, als Großvater Griesgram sie mühsam hochhob und in seinen Handwagen hievte. »Mir ist noch nie ein so dickköpfiger Hund untergekommen«, stöhnte er. »Es ist wie damals, als Chanu noch klein war und mich in den Wahnsinn getrieben hat! Du bist unbezähmbar. Wie soll man sich da keine Sorgen machen? Du hörst ja nie auf das, was ich sage.«

Zotti lauschte Großvaters Rüge, und während sie in dem Wagen dahinholperte, fiel sie in einen tiefen Schlaf.

DER FRECHDACHS

Sperr Kori ein, ja?« Großmutter schwang den Kochlöffel, um den Welpen zu vertreiben. »Sieh dir das an, sie haart in meine Sojabohnen.«

Übermütig flitzte Kori davon, kam jedoch kurz darauf zurück, um noch mehr gekochte Bohnen zu stibitzen.

»Weg da!« Großmutter hob den Löffel, worauf Kori erneut davontrippelte.

Zotti hatte auch Appetit auf Bohnen, tat es ihrer Tochter allerdings nicht gleich. Sie hatte zwar keine Angst vor Großmutter, doch sie fühlte sich immer noch unwohl in Großvater Griesgrams Gegenwart, ihre Beziehung war nach wie vor angespannt. Sie war zu alt, um sich wie ein Welpe zu benehmen, und wusste, sie würde sich nicht zurückhalten können, wenn Großvater Griesgram wieder die Hand gegen sie erhob. Daher achtete sie darauf, nicht den kleinsten Fehltritt zu begehen.

»Sperr sie ein oder kette sie an, wie oft soll ich es noch sagen?«, beharrte Großmutter.

»Wo denn, etwa in den Zwinger? Willst du dir das Gejaule wirklich anhören? Beeil dich halt ein bisschen.«

Großvater lachte, während er die Chinakohlköpfe im Gemüsegarten hochband.

Kori war ein kleiner Wirbelwind – sie futterte wie ein Scheunendrescher, rannte wild durch die Gegend und richtete überall Chaos an. Aber sie war ein schöner Hund, sie sah genauso aus wie ihr Vater, und Großvater Griesgram hatte eine Schwäche für sie. Sieben Welpen hatte er verkauft, aber Kori, den stärksten und hübschesten, hatte er behalten. Zotti freute sich, da sie endlich eines ihrer Kinder aufwachsen sehen würde.

»Benimm dich, Kori«, ermahnte Zotti sie von ihrem Platz vor der Hundehütte aus.

Kori rannte laut kläffend durch das Gemüsebeet und kam schlitternd vor der Kürbisranke zum Stehen. Der Krach erschreckte die alte Katze so sehr, dass sie von der Mauer, auf der sie gedöst hatte, herunterfiel. Sie fauchte und sprang wieder hinauf. »Bring deinem Kind gefälligst Manieren bei!«, zischte sie, was von Zotti mit einem Lachen quittiert wurde. »Erzieht man so etwa seine Kinder?«

Zotti zuckte die Schultern. »Was kann ich dafür? Du musst schon selbst auf dich aufpassen.«

»Der Frechdachs lässt mich nicht in Ruhe schlafen.« Beleidigt zog die alte Katze ab.

»Wir dürften eine gute Persimonenernte haben«, überlegte Großvater laut. »Der Baum ist jetzt sieben Jahre alt.«

»Wir sollten Yeongseon mehr von den Früchten abgeben«, merkte Großmutter an, während sie die gekochten Bohnen im Mörser zerstampfte und zu Quadern formte. »Letztes Jahr war sie böse, weil sie nicht genug bekommen hat. Immerhin hat sie den Baum damals gepflanzt.«

Großvater Griesgram putzte den Kohlkopf, den er im Garten geerntet hatte. Als Kori ihn beschnüffelte, kroch oberhalb der Wurzeln ein Wurm heraus. Vor Schreck machte sie einen Satz nach hinten.

»Die Besitzerin des Baums sollte sich nicht ausgeschlossen fühlen«, fuhr Großmutter fort. »Sie hat ihn gepflanzt, als sie ihr erstes Kind bekommen hat. Der Baum wird besser gedeihen, wenn seine Besitzerin zufrieden ist.«

»Ein Baum hat keinen Besitzer«, entgegnete Großvater Griesgram. »Es reicht, die Früchte mit ihr zu teilen. Außerdem suche ich ihr nur die schönsten aus, die roten ohne Dellen. Schließlich ist sie meine einzige Tochter.«

»Ach, wirklich?«, sagte Großmutter schmunzelnd.

»Jetzt beeil dich und mach das Kimchi. Du hast den Termin vereinbart, obwohl ich dir gesagt habe, dass ich ihn nicht brauche, und ich muss rechtzeitig da sein.«

»Gehst du vorher bei Chanu vorbei?«

»Natürlich«, antwortete Großvater Griesgram. »Ich muss den ganzen Weg in die Stadt fahren! Sie haben sicher kein Kimchi. Außerdem hat Dongi beim letzten Besuch seinen Roboter hier vergessen. Du weißt doch, dass er ohne ihn nicht leben kann.«

»Es gibt Wichtigeres«, murmelte Großmutter, und ihr Gesicht verfinsterte sich.

Eine Weile arbeitete das Paar schweigend nebeneinanderher. Großvater Griesgram rauchte, während er die Frühlingszwiebeln putzte, und Großmutter salzte den Kohl ein und legte die glatten Bohnen-Quader zum Trocknen auf ein hohes, strohbedecktes Brett, damit Kori sie nicht erreichen konnte.

Großmutter wurde erst am Nachmittag fertig, obwohl sie zügig und ohne eine Pause arbeitete. Großvater, der schon seine guten Sachen anhatte, wurde ungeduldig. »Wie kann man nur so langsam sein? Habe ich den Termin im Krankenhaus vereinbart oder du? Du brauchst mal wieder eine halbe Ewigkeit!«

»Du liebe Güte! Ich bin ja schon fertig. Jetzt hör auf zu meckern.«

»Ich meckere nicht. Sieh nur, die Sonne geht fast schon unter.« Großvater schnallte das Glas mit dem frischen Kimchi auf seinen Gepäckträger und grummelte vor sich hin. Er schob das Fahrrad vom Hof und fuhr mit flatternder Jacke davon. Er sah unbeschwert aus, fast wie ein kleiner Junge.

Endlich hatte Großmutter Zeit zum Verschnaufen. Sie setzte sich in Großvater Griesgrams bequemem Stuhl unter das Verandadach. »Ich hoffe, alles ist in Ordnung ...«

Kori legte ihr die Vorderpfoten auf die Oberschenkel

und bat stumm darum, hochgehoben zu werden. Zotti bemerkte, wie abwesend Großmutter wirkte. Über ihr Gesicht huschten die Schatten der Persimonenblätter, die sich im aufkommenden Wind immer heftiger bewegten. Etwas Bedrohliches lag in der Luft. Zotti bellte laut, um es abzuwehren, was auch immer es sein mochte.

Großmutter sah Zotti an, dann die Schüsseln und Schalen, die im Hof verstreut lagen. »Du lieber Himmel, ich bin doch noch gar nicht fertig! Ich muss euch ja noch füttern. Und jetzt klingelt auch noch das Telefon. Wartet, ich bin gleich wieder da.« Sie stand auf, rieb sich das schmerzende Kreuz und verschwand im Haus.

Kori schnappte sich einen ihrer Schuhe, legte sich hin und kaute darauf herum, obwohl ihr das Ärger mit Großmutter einbringen würde.

Zotti schlenderte zu ihr hinüber und stupste sie an. »Mach ihn nicht kaputt.«

Kori runzelte die Stirn und schüttelte den Kopf. »Der ist nicht so lecker wie die Bohnen. Ich will mehr Bohnen.«

»Bald gibt sie uns Futter.« Zotti legte sich unter den Stuhl. Kori gesellte sich zu ihr und kuschelte sich an sie, ihr Kopf ruhte an Zottis Bauch.

Sie hörten Großmutter drinnen telefonieren. »Er hatte Durchfall, aber es ist nichts Ernstes. Sein Appetit lässt zu wünschen übrig … Ja, natürlich wäre es schön, wenn du uns besuchen kommst. Es ist lange her, seit wir uns zuletzt gesehen haben, liebe Schwägerin! Ja, ja …«

Koris Augen funkelten vor Neugier. »Mama, was ist eine Schwägerin?«

»Eine Schwägerin? Tja …« Zotti hob den Kopf und blinzelte. Sie hatte das Wort noch nie gehört. »Oh, etwas Gutes. Etwas sehr Gutes sogar.«

Die alte Katze auf der Mauer lachte laut auf und legte den Kopf auf ihre Vordertatzen. »Etwas Gutes? Zotti, gib doch einfach zu, dass du es nicht weißt.«

»Es ist unhöflich, zu lauschen!«, fuhr Kori sie an.

Zotti lächelte – ihre Tochter kam ganz nach ihr. Mit ihrem kurzen, glänzenden Fell war sie zwar noch hübscher, aber ebenso unverblümt und neugierig.

»Wenn hier jemand unhöflich ist, dann du«, sagte die alte Katze. »Ist es etwa ein Verbrechen, ein ausgezeichnetes Gehör zu haben? Die Jugend von heute … Warte nur, du kleiner Frechdachs. Irgendwann kriege ich dich.«

»Versuchs doch«, höhnte Kori. »Na los. Ich beiß dich in den Hintern!«

Die alte Katze schnalzte missbilligend mit der Zunge. »Ich hätte es wissen müssen. Man kann Tieren keine Vernunft beibringen, die immer nur den Boden anstarren.« Sie gähnte.

Zotti beäugte argwöhnisch ihre spitzen Zähne. Obwohl die Katze alt war und manchmal beim Dösen von der Mauer fiel, konnte man nie wissen, ob und wann sie wieder zubeißen würde.

»Wer kommt mit zur Hühnerfarm?«, rief Großmutter, als sie mit einem Korb nach draußen trat.

Kori trapste schwanzwedelnd hinter ihr her, und Zotti blickte den beiden vom Tor aus nach. Sie beobachtete, wie ihre Tochter und Großmutter an der Uferböschung entlangspazierten, die an das Feld grenzte, und das Blut stieg ihr in den Kopf. Ihr wurde schwindlig. Lag es an der Hitze? Kori rannte vor und fiel wieder zurück, und für Zotti sah es aus, als würde sie flimmernd durch die Luft schweben.

DIE SCHWÄGERIN

Mein lieber Bruder«, sagte die Besucherin und drückte Großvater Griesgram die Hände. »Wie geht es dir?«

»Bestens!«, verkündete Großvater Griesgram grinsend. »Hast du die Zugfahrt gut überstanden?«

»Züge sind heutzutage doch so komfortabel. Es war eine angenehme Reise.«

Zotti hatte Großvater noch nie so aufgeregt gesehen. Kori und sie starrten den großen Karton an, den die Besucherin im Hof abgestellt hatte. Er war mit einem Strick verschnürt und hatte ein Loch an der Oberseite, durch das ein Huhn mit rotbraunen Federn und zackigem Kamm den Kopf herausstreckte. Die Augen des Huhns waren trüb, es hatte den Hals gebeugt und schien dem Tode nah zu sein.

Kori pirschte sich an den Karton an, gab ihm einen Schubs und rief: »Das ist also eine Schwägerin!«

»Ich habe dir süßen Reis und ein Huhn mitgebracht. Das wird deine Lebensgeister schon wieder wecken«, erklärte die Besucherin. »Koch sie zusammen, und zwar lange. Die Brühe wird dir guttun. Ich hätte mehr mitbringen sollen, aber ich hatte so viel Gepäck dabei. Ich habe alles auf dem Kopf getragen, ich hatte schon Angst, mein Hals bricht.« Sie öffnete den Karton und hob das Huhn heraus.

Es landete auf dem Boden, krümmte die Krallen und erschauerte.

»So viel Reis!«, rief Großvater Griesgram. »Ich weiß doch, wie viel Arbeit es dich kostet, ihn anzubauen. Und dann noch das Huhn – ist das nicht deine Bruthenne?«

»Und wenn schon? Wenn es dir hilft, wieder auf die Beine zu kommen …«

»Sie wirkt ja nicht gerade munter. Sie wird doch nicht ins Gras beißen?« Großvater Griesgram stupste das Huhn an, das die Augen kurz öffnete und sofort wieder schloss.

»Ach, es ist eben ein Huhn vom Land«, sagte die Besucherin leichthin. »Es ist zum ersten Mal mit dem Zug gefahren und wahrscheinlich nur reisekrank.«

Großvater Griesgram lachte.

Zotti und Kori blieben bei dem Huhn stehen. Zotti verlor bald das Interesse, doch Kori stupste das Huhn ständig an, dessen einzige Reaktion ein Blinzeln war.

Als die Sonne unterging, rief Kori plötzlich: »Die Schwägerin ist wieder zum Leben erwacht!«

Es stimmte. Das Huhn hatte sich erholt und stolzierte im Garten umher. Die Besucherin war mittlerweile gegangen, doch das war dem Huhn offenbar egal. Es schien sich ganz wie zu Hause zu fühlen.

»Ich bringe es nicht über mich, mach du das.« Großmutter drückte Großvater Griesgram ein Fleischermesser in die Hand.

Geschockt traten Zotti und Kori einen Schritt zurück.

Mit dem Messer in der Hand starrte Großvater Griesgram das Huhn an, die Stirn in Falten gelegt.

»Jetzt mach schon, dann kann ich es gleich heute Abend kochen«, drängte Großmutter. »Und du kannst es morgen essen.«

Großvater Griesgram nickte, blieb jedoch auf der Veranda sitzen und starrte das Huhn an, bis es stockdunkel war. Dann erst rannte er hinter dem Huhn her, doch es entkam ihm wieder und wieder, sprang von einem großen Steinguttopf zum nächsten, sauste flügelschlagend davon.

»Donnerwetter, Schwägerin!« Kori rannte aufgeregt hinterher. »Du bist unglaublich!«

Irgendwann wurde es Zotti zu viel. Sie ging in ihre Hundehütte und beobachtete die Szene von dort aus. Die alte Katze auf der Mauer schüttelte sich aus vor Lachen.

Schließlich gelang es Großvater Griesgram, das Huhn am Flügel festzuhalten. Ganz außer Atem, setzte er es unter einen umgedrehten Eimer, ging keuchend in den Schuppen und holte ein Seil. Das Huhn flatterte so heftig, dass der Eimer wackelte. Großvater nahm es heraus und band ihm das Seil um den Hals. »Ich kann es nicht töten«, murmelte er und band das andere Ende an einem Persimonenzweig fest.

Das Huhn schlug mit Flügeln und Krallen um sich.

Kori bellte mitfühlend unter dem Baum. Zotti fiel nervös mit ein.

»Fürs Erste muss ich dich hierlassen.« Großvater wischte sich die Hände ab und ging ins Haus.

»Mama, warum macht er das mit der Schwägerin?«, fragte Kori.

Lachend mischte sich die alte Katze ein: »Die ist morgen früh nicht mehr da.« Sie putzte sich die Schnurrhaare und Pfoten. Ihre Stimme klang an diesem Abend noch unheilverkündender als sonst, und ihr Geruch war so penetrant wie noch nie.

»Du führst doch nichts im Schilde, oder?«, fragte Zotti misstrauisch.

»Wer, ich? Nein, nein. Aber die Nacht … vielleicht führt die ja was im Schilde.«

»Wag es bloß nicht«, warnte Zotti sie. »Ich behalte dich im Auge. Denk nicht mal im Traum daran.«

»Ui, jetzt hab ich aber Angst«, höhnte die alte Katze. »Außerdem würde ich mich das gar nicht trauen. Schließlich leuchtest du ja, wenn der Mond aufgeht. Du behältst mich im Auge? Ach, was *soll* ich nur dagegen tun?«

»Ich leuchte? Wenn der Mond aufgeht?« Zotti war nicht sicher, ob die alte Katze scherzte.

»Darum mag ich dich, weißt du?«, sagte die alte Katze vertraulich. »Weil du so anders bist.«

»Wie, du magst mich?«

»Na ja, ich meine – für einen Hund bist du gar nicht so übel«, gab die Katze zu.

»Ich leuchte?«

»Nachts leuchtest du bläulich. Vielleicht liegt es auch daran, dass ich so gute Augen habe. Die sind immer noch scharf, verstehst du? Ich habe einen hervorragenden Stammbaum, selbst für Katzen-Verhältnisse …«

»Bläulich? Jetzt hör aber auf. Mach dich nicht lustig über mich«, gab Zotti zurück.

»Na schön, niemand zwingt dich, mir zu glauben. Sich selbst kennt man ja bekanntlich am wenigsten.«

Zotti hatte die Nase voll. »Du weißt gar nichts und tust so, als wüsstest du alles. Warum würde jemand mit einem hervorragenden Stammbaum um fremde Häuser herumschleichen und fremde Leute ausspionieren?«

»Ich gehe eben gern spazieren«, gab die alte Katze beleidigt zurück.

»Katzen haben samtweiche Stimmen«, murmelte Zotti vor sich hin. »Aber man darf nie vergessen, dass sie auch spitze Zähne haben.« Sie nahm sich vor, die ganze Nacht über die Mauer im Auge zu behalten.

Als schon fast der Morgen wieder graute – Zotti war nur ein paar Mal ganz kurz eingedöst, war aber ansonsten wachsam geblieben –, gab es plötzlich einen Tumult. Was war da los? Zotti bellte. Schemenhaft erkannte sie, wie das Huhn und die alte Katze miteinander kämpften, sie sah flatternde Flügel und hörte lautes Keuchen und diffuse Kampfgeräusche. Sie witterte einen Hauch von Blut. Dann hörte der Lärm schlagartig auf. Jemand war verletzt, aber sie wusste nicht, wer.

Es folgte eine halbe Stunde der Stille, bis mit dem Sonnenaufgang ein fröhliches »Kikerikiii!« ertönte. Der Ruf kam aus dem Persimonenbaum, wo die Henne mit den Flügeln schlug und krähte wie ein Hahn. »Kikerikiii!« Das Seil hing ihr noch immer um den Hals, und auf ihrer stolzgeschwellten Brust sah es aus wie eine Medaille.

»Was ist mit deinem Gesicht passiert?«, fragte Kori, den Blick zur Mauer gerichtet.

Zotti drehte sich um. Die alte Katze hockte auf ihrem angestammten Platz, über und über mit Kratzern und blutigen Wunden bedeckt. Verdrossen starrte sie das Huhn an, das krähend von Ast zu Ast flatterte.

»He, Kleine«, rief die Henne Kori zu. »Du hast mich Schwägerin genannt, stimmts? Gefällt mir.« Sie plusterte ihr Brustgefieder auf und nickte zufrieden.

DER ABSCHIED

Zotti wurde wieder angekettet, sosehr sie sich auch wehrte. Sie hatte die Schwägerin so fest gebissen, dass diese fast gestorben war. Nun, da Zotti außer Gefecht gesetzt war, wurde die Schwägerin immer anmaßender und arroganter, besonders, seit sie Großvater Griesgram zu Großmutter hatte sagen hören, er überlege, auch noch einen Hahn anzuschaffen.

»Nein, Schwägerin!«, rief Kori. »Das ist mein Futter!«

Die Schwägerin ignorierte Koris Geschrei, nahm deren Napf in Beschlag, vertrieb den Welpen und pickte in dem Futter herum. Kori schlich erneut an den Napf heran. Die Schwägerin hob warnend den Kopf. Als der Welpe die Schnauze in den Napf steckte, versetzte ihm das Huhn einen gezielten Schnabelhieb auf die Nase.

Kori schrie auf und wich zurück, ihre Nase blutete. Das war jetzt das zweite Mal. Beim ersten Mal hatte Zotti sich auf die Schwägerin gestürzt und ihr fast einen Flügel abgerissen. Kori lief weinend zu ihrer Mutter und suchte hinter ihr Schutz. Seit die Schwägerin Teil der Familie geworden war, litt die Kleine ständig Hunger.

»Weg von dem Napf, du Diebin!«, befahl Zotti.

»Hast du mich gerade eine Diebin genannt?«

»Du hast mich schon verstanden. Sieh nur, was du ihr angetan hast!«

»Ich wollte eben auch aus einem Napf fressen«, gab das Huhn zurück. »Schließlich bin ich Gast in diesem Haus. Wollt ihr etwa einen Gast vom Boden fressen lassen?«

»Gast? Fast wärst du als Mahlzeit geendet«, höhnte Zotti.

Das Huhn ignorierte sie und fuhr fort: »Genau genommen bin ich ja eigentlich kein Gast mehr, sondern ein wertvolles Mitglied der Familie. Ich werde Eier für Großvater und Großmutter legen, ihr müsst mich also gut behandeln.«

»Du hättest längst in die Suppe gehört«, murmelte Zotti.

»Ach, bitte. Glaubst du etwa, so leicht werdet ihr mich los?« Die Schwägerin musste immer das letzte Wort haben.

Aufgebracht zog und zerrte Zotti an der Kette. Die Schwägerin fraß weiter ungerührt Koris Futter. Da sie mit vollem Mund herumkrakeelt hatte, lag überall Reis verstreut. Wäre Zotti nicht angebunden gewesen, hätte sie das Huhn mit einem Happs verschlungen. Andererseits war es praktisch unmöglich, die Schwägerin zu fangen. Sie konnte springen und, wenn es sein musste, auch kurze

Strecken gleiten. Manchmal flatterte sie sogar bis aufs Dach. Das Huhn liebte es, von dort oben auf die Nachbarhäuser herabzublicken und dann eine spektakuläre Landung im Hof hinzulegen. Wenn sie hungrig war, scharrte sie im Garten, und wenn sie Langeweile hatte, pickte sie nach Kori, die einen Großteil ihrer Zeit damit verbrachte, der Schwägerin aus dem Weg zu gehen.

»Irgendwann erwische ich dich noch«, murmelte die alte Katze auf dem Dach. »Warts nur ab …« Doch aus Angst vor einer Attacke der Schwägerin wagte sie sich nicht in deren Nähe.

Im Haus klingelte das Telefon, zum wiederholten Mal seit dem frühen Morgen. Es verstummte kurz, klingelte wieder und verstummte, um kurz darauf erneut zu läuten. Doch Großvater Griesgram war im Laden, und Großmutter verkaufte Fisch. Das Klingeln brach ab.

»Großvater kommt zurück!«, rief die Schwägerin vom Persimonenbaum. »Er bringt sicher einen Hahn für mich mit. Wenn der Hahn da ist, werdet ihr alle in Angst und Schrecken leben!«

Großvater kam jetzt schon nach Hause? Mitten am Tag? Zotti hatte seinen metallischen Geruch gar nicht wahrgenommen, weil ihre Konzentration ganz auf die Schwägerin gerichtet gewesen war.

Großvater Griesgram kam ohne sein Fahrrad in den Hof. Er war blass und hatte wacklige Beine.

»Was ist mit dem Hahn? Wo ist er?« Die Schwägerin rannte um Großvater herum.

Was ging hier vor sich? Großvater Griesgram sah aus, als würde er jeden Moment zusammenbrechen. Langsam ging er zu seinem Stuhl auf der Veranda, setzte sich vorsichtig hin, lehnte sich zurück und schloss die Augen.

»Er kommt mit leeren Händen? Wie kann er nur?« Empört lief die Schwägerin vor Großvater auf und ab. Als er sie nicht beachtete, verzog sie sich beleidigt ins Blumenbeet und scharrte in der Erde, dass es nur so staubte.

Wieder klingelte das Telefon, doch Großvater Griesgram rührte sich nicht. Ruhte er sich nur aus? Oder war er eingeschlafen? Sein Kopf war zur Seite gesunken, sein Arm hing über den Stuhlrand. Der Persimonenbaum warf einen Schatten auf sein Gesicht.

Chanu betrat den Hof. Zotti spitzte die Ohren, legte ihren Kopf aber wieder auf ihre Vorderpfoten, als sie sah, dass Dongi nicht bei ihm war. Chanu warf einen kurzen Blick auf seinen Vater, dann eilte er ins Haus, um ans Telefon zu gehen. Nach einiger Zeit kam er mit besorgtem Gesicht zurück. »Es wird ein Schock für ihn sein, dass er zu einem Spezialisten muss«, murmelte er und sah zum Himmel auf. Dann beugte er sich zu seinem schlafenden Vater hinunter und schaute ihn liebevoll an. Mit sanfter Stimme weckte er ihn, half ihm auf die Beine und führte ihn ins Haus.

Am nächsten Morgen verließen Chanu und Großvater Griesgram gemeinsam das Haus. Großvater Griesgrams Augen waren dunkel und eingesunken. Er war sogar noch blasser als am Tag zuvor.

»Es wird einfach zu viel für dich«, beteuerte Chanu. »Du musst Futter für sie kaufen. Du kannst dich nicht mehr um sie kümmern. Warum schafft ihr sie nicht ab?«

Zotti legte den Kopf schief. Etwas stimmte nicht.

»Du musst dich ganz darauf konzentrieren, wieder gesund zu werden«, fuhr Chanu fort.

Großvater Griesgram ließ sich auf seinem Stuhl nieder und zündete sich eine Zigarette an.

»Vater, der Arzt hat gesagt, Rauchen ist tabu.«

»Es ist eine lebenslange Gewohnheit. Was soll ich dagegen tun? Mir geht es doch gut, das Medikament wirkt bereits. So ein Wirbel wegen einer kleinen Magenverstimmung …« Großvater Griesgram inhalierte den Rauch und fing an zu husten. Er musste die Zigarette ausdrücken und stieß einen langen Seufzer aus. »Ich kann sie nicht beide verkaufen. Das Haus wäre zu leer. In einem Haus muss es schreiende Kinder und Essen auf dem Herd geben, aber hier gibt es nicht mehr als zwei alte Leute.«

»Also wirklich, Vater.«

»Es wäre viel zu still, wenn wir nicht mal mehr einen Hund hätten.« Großvater Griesgram warf Zotti einen Blick zu.

Zotti starrte zurück. Großvater Griesgram hatte schon so viele ihrer Kinder verkauft. Kori war die Einzige, die ihr noch geblieben war. Und jetzt klang es ganz so, als würde er entweder sie oder Kori verkaufen. Das Herz klopfte ihr bis zum Hals.

»Welchen willst du behalten, die Mutter oder den Welpen?«, fragte Chanu.

Großvater Griesgram antwortete nicht, und Chanu bedrängte ihn nicht weiter. Zottis Kehle war wie zugeschnürt.

Obwohl Großvater krank aussah, erledigte er weiter seine Arbeiten. Er fegte den Hof, jätete im Blumenbeet Unkraut und bewässerte das Gemüse. Und er fütterte die Hunde.

»Friss, Zotti«, sagte er eines Tages, als er gerade Rindfleischsuppe in ihren Napf schüttete und ihr über den Kopf strich.

Zotti hatte einen Kloß im Hals. Kori bekam nur Trockenfutter, das konnte nur bedeuten, dass sie selbst verkauft werden würde. Tränen traten ihr in die Augen. Sie sah Großvater Griesgram traurig an, doch der wandte den Blick ab. Was würde mit ihr geschehen? Wenigstens würde die kleine Kori bleiben.

Die Schwägerin schien plötzlich das Interesse an Koris Futter verloren zu haben und näherte sich Zottis Napf.

»Verschwinde!«, fuhr Großvater Griesgram sie an, hob die Henne hoch und schleuderte sie fort. Sie landete auf dem Boden, gackernd und flügelschlagend, als wäre sie dem Tode nahe.

Die alte Katze auf der Mauer kicherte. Zotti ging in ihre Hundehütte und rollte sich zusammen. Kori folgte ihr und schmiegte sich an sie. Es war eng, aber Zotti fühlte sich getröstet.

»Mama, ich habe das Gefühl, etwas Schlimmes wird passieren«, stammelte Kori.

Zotti leckte ihrer Tochter mit trockener, rauer Zunge das Gesicht. »Ja, ich glaube, du hast recht.«

»Aber was?«

Zotti seufzte. So viele Dinge in ihrem Leben waren schiefgelaufen. Aus irgendeinem Grund hatte sie geglaubt, damit wäre es jetzt vorbei. Doch der Winter hielt wohl noch mehr Übel für sie bereit. Was würde er ihr diesmal antun? Sie seufzte, aber leise, um Kori nicht noch mehr zu beunruhigen.

»Den Großen?«, sagte eine Stimme von draußen. »Ach, den Sapsali-Mischling?« Es war der Hundehändler.

Zottis Nerven waren zum Zerreißen gespannt. Furcht wallte in ihr auf. An den sollte sie verkauft werden? Bellend schoss sie aus der Hütte. Die Schwägerin, die aus Zottis Napf gefressen hatte, flatterte davon.

Der Hundehändler hatte das Fahrrad mit dem Drahtkäfig auf dem Gepäckträger dabei. Er musterte Zotti.

»Schick mich nicht mit ihm weg!«, kläffte Zotti. Es zerriss ihr das Herz. Bei jedem Bellen fühlte sich ihre Kehle wund an.

»Wie soll ich sie einfangen? Sie hat ja wirklich Temperament«, sagte der Hundehändler lachend. »Wäre sie reinrassig, wäre sie ein echtes Prachtexemplar.«

Großvater Griesgram und Chanu antworteten nicht. Großvater beobachtete die umherspringende Zotti.

»Ich komme nächstes Jahr wieder und nehme den Welpen mit«, sagte der Hundehändler achselzuckend. »Es dauert noch eine Weile, bis er zum Zuchthund taugt.«

Zotti wurde elend zumute. Sie hatte nicht bedacht, dass es Kori treffen könnte. Das wäre ja noch schlimmer. Warum musste so etwas ausgerechnet ihr passieren?

»Seltsam«, bemerkte Großvater Griesgram. »Sie kann dich nicht ausstehen.«

»Ach, du weißt doch, wie Hunde sind.«

»Wahrscheinlich. Für sie bist du so eine Art Sensenmann.«

Das Lächeln des Hundehändlers schwand, und seine Wange zuckte nervös. Großvater Griesgram wandte sich ab, setzte sich auf seinen Stuhl und starrte die bellende Zotti an.

Der Hundehändler war verärgert. »Hör zu, wenn du nicht verkaufen willst, dann gehe ich. Ich muss noch woandershin.«

»Nimm den da«, sagte Großvater Griesgram und deutete mit dem Kopf auf Kori.

Zotti jaulte auf. Großvater Griesgram musste doch wissen, dass zurückzubleiben genauso unerträglich war wie fortzugehen, doch er ignorierte sie. Er zündete sich eine Zigarette an und hustete, bis er sich krümmte. Zotti zerrte verzweifelt an der Kette. Wie gerne wäre sie auf den Händler losgegangen. Dieser konnte nun in aller Seelenruhe ihre Tochter packen und sie in den Drahtkäfig setzen. Kori heulte auf, und Zotti bellte und bellte. Es war wie damals, als er ihre Mutter und ihre Geschwister mitgenommen hatte. Der Blick von Koris schwarzen Augen traf den ihrer Mutter. Kori presste die Schnauze an den Draht ihres Käfigs, sie war vor lauter Angst wie gelähmt.

»Ich habe dir einen guten Preis bezahlt, weil du einer meiner Stammkunden bist«, sagte der Hundehändler barsch, ehe er davonfuhr.

Zotti kaute auf ihrer Kette herum. Irgendwie musste sie doch aufzubekommen sein. Das Klirren zwischen ihren Zähnen hallte in ihrem Kopf wider und vermischte sich mit Koris erbärmlichem Winseln von jenseits der Mauer. Zotti antwortete ihr.

Doch die Welt drehte sich aus unerfindlichen Gründen weiter, und bald darauf herrschte wieder Stille.

TAG DER TRAUER

Als Zotti das Futter verweigerte, nahm Großvater Griesgram ihr die Kette ab. Stattdessen wurde die Schwägerin in den Drahtzwinger gesperrt. Sie veranstaltete zwar ein Riesenspektakel, doch Großvater beachtete sie nicht und ging wieder in den Laden. Als er zurückkam, früher als sonst, machte er einen niedergeschlagenen Eindruck. Zotti hielt sich von ihm fern. Sie streunte den ganzen Tag draußen herum und kam erst nach Hause, wenn sie völlig erschöpft war. Und doch ging sie immer wieder zurück. Sie verachtete sich dafür.

Zotti trottete durch das Viertel. Sie war sogar bis hinter die Grundschule vorgedrungen, hatte aber keine Spur von Kori entdecken können. Wo war sie? Wo waren all die anderen? Sie erspähte Großvater Griesgram, der am Straßenrand vor dem Seniorenheim hockte, sein Fahrrad neben sich. Was machte er dort? Er schien auf das Feld vor sich zu starren, wo eine lange Wendeltreppe aus Stahl lag, die jemand dort entsorgt hatte.

»Zotti, wo kommst du denn her?«, fragte Großvater Griesgram.

Sie sah ihn nicht an.

»Du streunst zu viel herum«, sagte Großvater seufzend. »Ich bin der Einzige, der einen Hund wie dich tolerieren würde. Lass uns nach Hause gehen.«

Zotti folgte ihm langsam und mit großem Abstand. Immer, wenn er sich umdrehte und sie ansah, blieb sie wie angewurzelt stehen. Seit der Hundehändler Kori mitgenommen hatte, wich sie vor ihm zurück, wenn er versuchte, sie zu streicheln.

Als sich das Tor mit einem lauten Quietschen öffnete und Großvater und Zotti den Hof betraten, flüchtete die alte Katze, die gerade um den Zwinger geschlichen war, auf ihre Mauer.

Die Schwägerin krächzte: »Lasst mich hier raus! Das zahl ich dir heim, du altes Biest! Wisst ihr, was sie zu mir gesagt hat? Sie hat gesagt, sie kann es kaum erwarten, bis sie mich zwischen die Zähne bekommt!«

Beide ignorierten das Gezeter: Großvater Griesgram ging ins Haus, und Zotti rollte sich in ihrer Hundehütte zusammen.

»Der werde ich schon zeigen, wie hart mein Schnabel ist!«, grummelte die Schwägerin und rannte im Zwinger auf und ab.

Zotti legte sich die Pfoten über die Ohren und spähte erst wieder darunter hervor, als sie den Handkarren rumpeln hörte. Großvater Griesgram nahm sonst immer das

Fahrrad, es sei denn, er brachte das Gemüse aus dem Garten zum Markt. Warum hatte er den leeren Wagen geholt? Sie versuchte, gleichgültig zu tun, schloss die Augen und rollte sich noch enger zusammen. So blieb sie eine Weile liegen, doch schließlich stand sie auf, kroch unter dem Tor hindurch und folgte Großvater Griesgram, der sich allmählich dem Seniorenheim näherte. Sie konnte nicht allzu viel erkennen, doch es sah so aus, als versuchte er, die Stahltreppe in den Wagen zu hieven. Die hintere Seite des Rollwagens sackte ab, und der Griff ragte in die Luft. Die Räder bewegten sich, die Treppe rutschte wieder herunter, und Großvater Griesgram wäre fast gestürzt. Er versuchte es erneut, wieder ohne Erfolg.

Zotti kniff die Augen zusammen und machte ein paar Schritte vorwärts. Großvater Griesgram blockierte das Rad, um den Karren zu stabilisieren, und mit der Hilfe eines Passanten hievte er die Treppe schließlich auf den Wagen, wo er sie gleich sicherte. Mit gebeugtem Rücken zog er den Karren aus dem Feld, doch er kam nur langsam voran. Die Stahltreppe war ein gutes Stück länger als der Handkarren und schleifte über den Boden. Zotti blieb, wo sie war, als er auf sie zukam. Großvater Griesgrams Hals und Nacken glänzten vor Schweiß, seine Lippen waren gesprungen und seine Haare staubbedeckt. »Aus dem Weg«, befahl er.

Zotti schaute zu ihm auf.

»Aus dem Weg, hab ich gesagt.«

Sie wich nicht von der Stelle. Hätte sie sprechen können, hätte sie ihm gesagt, er solle sie nicht herumkommandieren. Sie starrte ihn so lange an, bis er den Blick senkte. Das hatte sie zwar nicht geplant, doch es fühlte sich gut an.

»Jetzt geh mir schon aus dem Weg!«, fuhr Großvater Griesgram sie an.

Ihr Fell sträubte sich, und sie duckte sich unwillkürlich wie zum Angriff.

»Wie kannst du es wagen!« Er zog den Wagen auf sie zu, doch sie rührte sich nicht. Seine schweren Schritte und das Rattern des Wagens kamen immer näher. Im letzten Moment wich Zotti aus und sprang in den Bach neben dem Pfad. Sie hätte leicht darüber hinwegspringen und am anderen Ufer landen können, wenn sie etwas schneller gewesen wäre.

Als sie später triefnass und schmutzig das Haus erreichte, würdigte sie Großvater Griesgram keines Blickes. Stattdessen saß er wie ein nasser Sack auf seinem Stuhl und wäre bis zum Einbruch der Dunkelheit dort sitzen geblieben, wenn nicht eine Frau in den Hof geplatzt wäre.

»Wo ist der Köter?«, schrie sie, ehe Zotti auch nur bellen konnte.

Großvater Griesgram sah sie verblüfft an.

»Der Hund, ist er nicht nach Hause gekommen?« Die Frau fuchtelte mit dem Zeigefinger in der Luft herum.

Zotti näherte sich ihr vorsichtig. Großvater Griesgrams Augen wurden schmal. »Was?«

»Der dumme Hund ist weggelaufen! Nachdem er meinen Mann gebissen hat!«

Großvater Griesgram richtete sich langsam auf. Zotti sah mit geneigtem Kopf zwischen ihm und der Frau hin und her.

»Wovon sprichst du?«, knurrte Großvater Griesgram. »Was ist los mit euch? Wisst ihr etwa nicht, wie man mit einem Hund umgeht?«

Aufgebracht lief die Frau über den Hof, schaute in der Hundehütte, dem Zwinger und sogar in der Küche nach. »Wo hat er sich versteckt? Wenn ich den erwische!«

Meinte sie Kori? Oder suchte sie nach einem anderen Hund? Wie konnte diese Fremde hier einfach so hereinspazieren und den Mund so weit aufreißen? Zotti begann zu bellen.

»Pst, Zotti«, sagte Großvater. Sie verstummte. »Wo ist der Hund denn hingelaufen?«

»Frag mich nicht!«, rief die Frau. »Er muss hier irgendwo sein.«

»Ich habe ihn nicht gesehen, seit dein Mann ihn mitgenommen hat. Wenn er wegläuft, ist das nicht mein Problem«, sagte Großvater Griesgram.

»Er hat ihn gebissen. Ich brauche zumindest eine Handvoll Fell.«

»Ihr solltet besser ins Krankenhaus gehen. Was würde euch das Fell schon nutzen?« Großvater Griesgram stand langsam auf und öffnete den Zwinger. Die Schwägerin huschte heraus und sprang auf die Steinguttöpfe. Er öffnete die Tür zum Schuppen und selbst die Haustür. »Sieh dich um. Ich habe in meinem Leben unzählige Welpen verkauft, aber so respektlos bin ich noch nie behandelt worden!«

Die Frau hörte ihn gar nicht und stapfte Richtung Hauseingang. In dem Moment kam der Hundehändler auf den Hof gestürmt, den Arm in einem weißen Verband. Bellend stürzte Zotti auf ihn zu. Er machte einen Satz zurück, und seine Frau schrie vor Schreck und wedelte mit den Armen. Zotti hätte ihn nur zu gern gebissen, doch Großvater Griesgram hatte sie schon am Nackenfell gepackt.

»Ist der Hund nicht zurückgekommen?«, fragte der Hundehändler.

»Ist das dein Ernst?« Großvater Griesgram versuchte, Zotti in den Zwinger zu zerren, doch sie stemmte die Pfoten in den Boden. Diesmal musste sie den Händler erwischen. Doch Großvater Griesgram war zu stark. Sie strengte sich so an, dass sie das Gefühl hatte, ihre Augäpfel würden hervortreten. Sie konnte nicht einmal mehr bellen.

»Moment mal. Ist das da nicht deiner?«, fragte die Frau und deutete auf den alten Schuh, der am Zwinger hing.

Zotti wurde schwindelig. Großvater erstarrte verblüfft.

Dem Hundehändler war sichtlich unbehaglich zumute. Ein kurzes Schweigen entstand.

»Was hat der hier zu suchen?«, fragte die Frau.

»Keine Ahnung, wovon du sprichst«, stammelte der Händler.

»Weißt du nicht mehr, wie du vor einiger Zeit mit nur einem Schuh nach Hause gekommen bist? Wieso hängt der andere jetzt hier?« Sie streckte die Hand danach aus.

Großvater Griesgrams Augen wurden schmal. Zottis Herz setzte einen Schlag aus.

Der Hundehändler riss den Arm seiner Frau zurück. »Was redest du da, du dumme Frau?«

Großvater Griesgram nutzte die Verwirrung, um Zotti in den Zwinger zu sperren. Zottis Gedanken überschlugen sich, und sie bemerkte, wie Großvaters Hände zitterten. »Hör zu«, sagte er mit vor Zorn bebender Stimme. Er riss den Schuh herunter und hielt ihn hoch. »Bist du sicher, dass der deinem Mann gehört?«, fragte er die Frau.

»Na ja … das ist …« Sie verstummte und warf ihrem Mann einen fragenden Blick zu. Der Händler wirkte zunehmend nervös.

»Ich verstehe. Das ist es also. Darum hat mein Hund sich jedes Mal so aufgeführt, wenn er dich gesehen hat!«

»Was? Wie bitte? Das ist nicht mein Schuh.« Der Hundehändler schüttelte den Kopf und wich zurück.

»Der Dieb, der all unsere Hunde hat mitgehen lassen,

hat diesen Schuh hier verloren. Zotti hat ihn mit nach Hause gebracht. Wie seltsam. Deine Frau sagt, es ist deiner, und du leugnest es?«

»Ach, nein, nein, ich muss mich wohl geirrt haben«, sagte die Frau.

Der Hundehändler wurde rot, seine Mundwinkel zuckten. Großvater hielt den alten Schuh in einer Hand und sah aus, als hätte er den Mann mit der anderen am liebsten geschlagen.

»Ich bin unschuldig!«, rief der Händler, während er langsam rückwärts vom Hof ging und schließlich zu rennen anfing.

»Diebe! Verbrecher!«, wetterte Großvater Griesgram, warf ihm den Schuh hinterher und traf den Hundehändler am Rücken. Die Frau schien zunächst unschlüssig, entschied sich dann aber, sich ebenfalls zu entfernen, und ging langsam vom Hof.

Großvater Griesgram schnaubte und beruhigte sich erst allmählich. Wütend starrte er das Tor an. »Heimtückischer Dieb«, knurrte er und ließ sich auf seinen Stuhl fallen.

Das wars? Mehr würde er nicht tun? Nun, da er wusste, wer der Dieb war, konnte er ihn nicht zwingen, ihre ganze Familie zurückzubringen? Wie konnte er ihn einfach so entkommen lassen? Zotti drückte den Kopf gegen den Draht und knurrte.

»Ich wusste es!«, murmelte Großvater. »Zotti, du bist wirklich etwas Besonderes.«

Seine Worte besänftigten die Wut, die in ihr gebrodelt hatte. Er hatte sie zwar immer wieder enttäuscht, und er war der Grund, warum sie jetzt ganz allein auf der Welt war, trotzdem hatte sie ihn aus irgendeinem Grund nie verlassen können. Großvater Griesgram lehnte sich im Stuhl zurück. Die grelle Sonne ließ ihn fast durchscheinend wirken, leicht wie sonnengetrocknetes Leinen. Zotti war sich nicht sicher, ob sie ihn je wirklich gekannt hatte. Vielleicht war er immer ein Fremder gewesen. Sie legte sich hin, streckte die Beine von sich. Ihr Fell trocknete zu steifen Stacheln, doch sie schüttelte den Dreck weder ab, noch beschwerte sie sich darüber, im Zwinger eingesperrt zu sein.

Kurze Zeit später ging die Sonne unter. Ein kühler Abendwind kam auf.

»Das ist doch Kori! Kori kommt!« Die Schwägerin flatterte vom Persimonenbaum.

Zotti hob den Kopf.

»Unglaublich! Sie ist zurückgekommen? Ein Hund, der verkauft wurde?«, rief die alte Katze von der Mauer.

Zotti sprang auf und schaute zum Tor hinüber, konnte aus dem Zwinger heraus allerdings nicht viel erkennen. Großvater, der die Unruhe der Tiere bemerkte, runzelte die Stirn und erhob sich langsam. Zotti stellte die Vorderpfoten an die Zwingertür und rüttelte daran. Sie witterte ihr Kind, doch irgendetwas an seinem Geruch war komisch. In dem Moment quetschte sich Kori unter dem Tor hindurch und näherte sich ihr, schmutzig und mit eingesunkenen Augen.

Zotti traute ihren Augen kaum. »Was ist los, Kleines?« Durch den Maschendraht berührte sie mit der Schnauze ihre Tochter.

Koris Blick war unstet, ihre Nase trocken. Weißer Schaum triefte ihr aus dem Maul. Als Großvater Griesgram zu ihnen eilte, um den Welpen zu untersuchen, verdrehte Kori die Augen und brach zusammen.

Zotti bellte.

»Was zum …?« Großvater Griesgram nahm Kori auf den Arm, öffnete ihr Maul, spähte ihr in die Augen und legte das Ohr an ihren Bauch. Zotti ging auf und ab, während Großvater ihre Tochter mit in die Küche nahm.

»Bringt sie zu mir!« Zotti warf sich mit aller Kraft gegen den Maschendraht.

»Wie konnte das nur geschehen?«, gackerte die Schwägerin und marschierte zwischen dem Gebäude und dem Zwinger hin und her. »Das sieht böse aus. So etwas habe ich schon einmal erlebt, in meiner Heimatstadt. Das ist gar nicht gut.«

Besorgt sprang die alte Katze in den Hof hinunter und sah Zotti an. »Kinder tun sich eben manchmal weh«, sagte sie beschwichtigend. »Indem sie daraus lernen, werden sie erwachsen.«

»Lasst mich raus!«, schrie Zotti.

»Aber wenn du rauskommst, werde ich wieder eingesperrt«, protestierte die Schwägerin.

Zotti heulte: »Kori! Was ist mit dir los?«

»Das gefällt mir nicht. Ich will nicht wieder eingesperrt werden.«

»Dämliches Huhn!«, fauchte die alte Katze. »Warum hältst du nicht einfach die Klappe?«

»Wie bitte? Was hast du gesagt, du blödes Vieh?« Die Schwägerin ging flügelschlagend auf die Katze los, die durch die Lücke unter dem Eingangstor flüchtete.

Einige Zeit später trat Großvater Griesgram nach draußen und öffnete die Zwingertür. »Komm, Zotti.«

Sofort rannte Zotti in die Küche, wo Kori auf einem Handtuch lag. Sie atmete flach und bedenklich schnell und gab einen schrecklichen Geruch von sich. Neben ihr stand eine Schüssel mit warmem Wasser und einem langen Holzlöffel.

»Sie hat etwas Schlechtes gefressen«, erklärte Großvater seufzend. »Eine vergiftete Ratte oder vielleicht einen Hühnerknochen …« Sanft strich er über den wogenden Leib des Welpen.

Zotti sah ihrer Tochter in die Augen. Sie waren trüb, doch sie erkannten ihre Mutter wieder. Es war zu spät, Kori zu fragen, was passiert war. Warum kamen sie nie zurück? Und wenn doch, wieso in diesem Zustand?

»Mama ...« Kori gab ein schwaches Stöhnen von sich.

Zotti legte sich hin, um näher bei ihrer Tochter zu sein. »Alles wird gut, Kleines. Hab keine Angst.«

Koris Körper versteifte sich. Sie hob den Kopf. Ging es ihr besser? Doch da quoll ihr rötlich braunes Blut aus dem Maul, und ein grässlicher Gestank breitete sich im Raum aus. Es war, als würde all der Schmerz, der in ihrem Körper gefangen war, plötzlich freigesetzt.

Noch bevor das Blut auf dem Handtuch trocken und der schreckliche Geruch verflogen war, hörte Kori auf zu atmen. Zotti leckte ihr über das erschöpfte Gesicht und blieb in ihrer Nähe. Großvater Griesgram bedeckte den Welpen mit einem Laken und gewährte Zotti etwas Zeit allein mit ihrem Kind.

DIE WENDELTREPPE

Zu Hause war alles anders«, beschwerte sich die Schwägerin. »Niemand hat von oben auf mich herabgesehen. Womit habe ich ein solches Leben verdient?« Sie zupfte sich an den Federn.

»Reiß dir noch ein paar aus«, bemerkte die alte Katze von der Mauer.

»Grässliches Vieh!«

»Vorsicht. Du kommst sowieso nicht an mich ran.« Die alte Katze näherte sich dem Zwinger und setzte die Pfoten auf den Draht.

Die Schwägerin stürzte auf sie zu, doch die Katze wich zurück. »Warum werde ich so schlecht behandelt?« Die Schwägerin sah geknickt aus.

Zotti beachtete die beiden ebenso wenig wie Großvater Griesgram. In den letzten beiden Tagen hatte sich Großvater ganz auf seine Arbeit im Hof konzentriert. Er schweißte die ganze Zeit, und fast pausenlos stieg blauer Rauch empor. Auch jetzt blitzte der Schneidbrenner wieder auf, und das offene Ventil der Sauerstoffflasche zischte. Zotti zuckte zurück und kniff die Augen zusammen. Jedes Mal, wenn von dem rot glühenden Metall ein Funke aufstob, spiegelte er sich im schwarzen Glas von Großvaters Schmutzmaske. Zotti wunderte sich darüber, dass die Flammen immer Spuren hinterließen, auch wenn sie sofort wieder erstarben. Das Feuer machte den harten Stahl weich und formbar. Wie schaffte es Großvater, der so dünn und schwach war, derartige Dinge zu vollbringen?

»Ich brauche eine Pause«, murmelte Großvater vor sich hin, legte den Schneidbrenner auf den Boden und nahm die Maske ab. Sein Gesicht war schweißüberströmt. Er setzte sich auf seinen Stuhl, nahm ein Glas Wasser in die Hand und sah Zotti an. »Ich glaube, wir haben noch irgendwo Reiswein«, überlegte er laut. »Es gibt nichts Besseres, wenn man halb verdurstet ist!« Er ging ins Haus und kam mit einer weißen Flasche zurück, schüttete sich eine Tasse voll ein und trank sie in einem Zug leer.

Zotti schnüffelte an dem Schneidbrenner. Er war noch warm und roch nach Metall. Es gab ihr einen Stich, daran erinnert zu werden, wie sehr sie diesen Geruch liebte. Sie blickte zu dem Gebilde auf, an dem Großvater Griesgram arbeitete. Es war die Wendeltreppe, die er auf dem Feld gefunden hatte. Er hatte die Säule in der Mitte, um die sich die Treppe wand, entfernt, genauso wie die verrosteten Stufen. Nun schnitt er viereckige Stahlstücke zurecht und schweißte sie zusammen, um neue Stufen herzustellen, die er sorgfältig einpasste. Er sah zufrieden aus, doch Zotti war verwirrt. Warum tat er das? Es dauerte eine halbe Ewigkeit.

»Komm her, Zotti.« Großvater Griesgram schüttete milchigen Reiswein in ihren Wassernapf und setzte sich auf seinen Stuhl.

Sie legte den Kopf schief. Der Wein roch säuerlich. Vorsichtig tauchte sie die Zunge in die süßlich schmeckende Flüssigkeit. Gar nicht mal so übel.

Großvater lehnte sich lächelnd zurück, als er sah, wie begierig Zotti ihren Napf ausleckte. »Weißt du, immer, wenn ich Stahl sehe, bin ich voller Energie. Man kann daraus etwas Starkes machen, wenn man weiß, wie man das Feuer nutzen muss. Wenn man Stahl zusammenschweißt, darf der angeschweißte Teil nicht mehr als zwei Millimeter dicker sein als die ursprüngliche Stahlplatte. Sonst wird die Naht nicht glatt, verstehst du? Am Ende muss man es so wirken, als wäre es schon immer ein einziges, solides Stück gewesen. Wie du siehst, bin ich gar nicht so schlecht.«

Zotti stieß auf.

Großvater Griesgram lachte. »Nicht zu fassen, dass du mir beim Trinken Gesellschaft leistest. Wer hätte das gedacht?« Er schloss die Augen.

Zotti fühlte sich so entspannt, dass sie sich hinlegte.

Die Schwägerin wanderte jammernd im Zwinger auf und ab und rief der alten Katze, die durch den Hof schlich, flügelschlagend zu: »Warte nur, wenn ich hier rauskomme, kannst du was erleben!« Sie versuchte, aufzufliegen, stieß jedoch an das Zwingerdach und fiel zu Boden, wo sie verärgert ihr Gefieder spreizte.

Großvater Griesgrams Kopf sank auf seine Brust. Beide Arme hingen schlaff herunter. Seine weißen Haare bewegten sich im Wind. Zottis Blick fiel auf seine dünnen, bloßen Unterarme, auf denen die Spuren ihrer Zähne noch immer sichtbar waren, obwohl die Wunden verheilt waren. Sie leckte sanft über die Narben.

Als die Sonne unterging, frischte der Wind auf, und Großvater kuschelte sich im Schlaf in seinen Stuhl. Weder das Gezanke von Huhn und Katze noch das klingelnde Telefon im Haus weckten ihn. Würde er je wieder aufwachen? Die Welpen, die gestorben waren, hatten vorher ähnlich still dagelegen.

»Großvater!«, rief eine Kinderstimme.

Zotti sprang auf. Dongi kam in den Hof gehüpft, Großmutter im Schlepptau, die ein Gefäß auf dem Kopf trug. Zuletzt betraten Chanu und seine Frau den Hof.

»Zotti!« Lächelnd streckte Dongi die Arme nach ihr aus. Sie stürzte auf ihn zu, und er schlang ihr die Arme um den Hals. Sein süßer Geruch gab ihr ein Gefühl von Frieden.

»Was hast du dir dabei gedacht, hier draußen in der Kälte zu liegen, obwohl du krank bist?« Großmutter stellte das Gefäß ab, um Großvater Griesgram zu wecken. Erschöpft schlug er die Augen auf, doch als er Dongi sah, breitete sich ein Lächeln auf seinem Gesicht aus.

Der kleine Junge rannte zu Großvater hinüber, der aufstand und ihn hochhob. »Du bist ja schon so früh da!«

»Herzlichen Glückwunsch zum Geburtstag!«, rief Dongi.

Großvater Griesgram tanzte mit Dongi auf dem Arm durch den Hof. »Mein Geburtstag ist zwar erst morgen, aber wenn du mit mir feierst, ist jeder Tag mein Geburtstag!« Er drehte sich im Kreis. Zotti tollte um sie herum, in Gesellschaft des kleinen Jungen wurde ihr leichter ums Herz.

»Wir sind auch hier, Vater!« Ihre Tochter und ihre Familie waren ebenfalls gekommen, und Großvaters Enkelin Yeoni kam zu ihm gerannt. Mit Dongi in dem einen Arm und Yeoni in dem anderen, tanzte er weiter.

»Was hast du damit vor?« Chanu zeigte auf die Wendeltreppe.

Großvater Griesgram setzte die Kinder ab, nahm einen Hammer in die Hand und klopfte damit gegen die Schweißnähte, um zu püfen, ob sie stabil waren. »Erst einmal brauche ich eure Hilfe.«

Chanu grub ein Loch unter dem Persimonenbaum, und Großvaters Schwiegersohn sammelte die Werkzeuge ein, die im Hof verstreut lagen.

Dongi setzte sich auf die unterste Treppenstufe. »Was ist das, Großvater?«

»Eine Treppe. Eine Schneckentreppe!«

»Eine Schneckentreppe?«

»Genau.« Großvater deutete auf den spiralförmigen Verlauf der Stufen. »Sie ist gewunden, wie das Innere eines Schneckenhauses.«

»Ah, also ist es eine Treppe für Schnecken!«

Großvater Griesgram lachte. »Sie ist für dich, Dongi! Und für dich, Yeoni! Damit ihr vorsichtig und langsam raufgehen könnt, genau wie eine Schnecke. Ich habe sie gemacht, damit ihr ganz nach oben in die Baumkrone kommt. Wenn die Persimonen reif sind, könnt ihr hinaufsteigen und sie pflücken.«

»Du kannst sie doch einfach für uns pflücken«, schlug Dongi vor.

»Stimmt. Aber … wenn ich nicht mehr da bin, kann ich das nicht. Dann müsst ihr das übernehmen.«

»Warum bist du denn nicht mehr da? Du bist doch hier!« Dongi tippte Großvater Griesgram auf die Brust und kicherte.

Die Erwachsenen hielten kurz inne und tauschten Blicke, arbeiteten dann aber weiter. Chanu grub das Loch, der Schwiegersohn brachte die Werkzeuge zurück in den Schuppen, Großmutter wusch das Gemüse am Brunnen, und die Frauen gingen in die Küche.

Zotti schlich davon.

»Verdammt. Verrat ist etwas Unerträgliches«, fauchte die Katze, die natürlich alles beobachtet hatte.

»Was für eine seltsame Bemerkung«, sagte Zotti. »Ich habe keine Ahnung, wovon du sprichst.«

»Ich meine, dass man niemandem auf der Welt trauen kann.«

Zotti blickte die alte Katze nachdenklich an. Das Gefühl kannte sie.

Die alte Katze fuhr sich mit der Pfote über Augen und Nase. »Sehe ich sehr alt aus?«

Zotti antwortete nicht.

»Meine Augen werden immer schlechter. Und mein Geruchssinn ist auch schwächer geworden.«

»Was ist schlimm daran, älter zu werden?«, fragte Zotti.

»Eben«, sagte die Katze düster. »Was schlimm daran ist, älter zu werden? Ich lebe seit zehn Jahren bei meiner Besitzerin, aber jetzt hat sie eine neue Katze mit nach Hause gebracht. Kannst du dir vorstellen, wie sich das anfühlt?«

Zotti tat die alte Katze leid. Würde sie nicht ständig so abscheulich riechen, hätte Zotti glatt vergessen können, dass sie eine Katze war.

»Ich werde sie vertreiben. Sie nimmt mir meinen Platz weg.« Die alte Katze drehte sich um, ließ die Schultern hängen, und ihr Schwanz schleifte über den Boden.

Die Männer hoben die Wendeltreppe an.

»Seid vorsichtig«, sagte Chanu. »Haltet sie fest.«

»Ich hab sie. Und jetzt schütte den Zement in das Loch«, wies Großvater sie an.

»Sie sieht großartig aus! Du solltest sie anstreichen, vielleicht in Blau«, schlug sein Schwiegersohn vor.

Zotti sah zu, wie Großvater Griesgrams Werk so aufgerichtet wurde, dass sich die Stahltreppe um den Persimonenbaum wand. Ging man die Stufen hinauf, konnte man den hohen Baum einmal umrunden und mit der zehnten Stufe die Krone erreichen. Die Treppe sah aus, als würde sie den Baum einerseits schützen und andererseits von ihm gestützt werden. Ihre sanft geschwungene Krümmung ähnelte der von Großvater Griesgram, der sie stolz begutachtete.

FREUNDINNEN

R aus hier, und zwar sofort!«, schimpfte Zotti.

Die Schwägerin ignorierte sie, so wie sie es immer tat. Sie dachte wohl, sie könne sich alles erlauben. Sie pickte im Gemüsegarten am Kohl, sprang auf die Steinguttöpfe und fraß den Fisch, der zum Trocknen auslag. Der alten Katze zufolge flog sie sogar über die Mauer nach nebenan, um dem neuen Kätzchen das Futter zu stehlen.

»Du bist wirklich eine Nervensäge!«, knurrte Zotti.

»Wenn hier jemand nervt, dann du! Warum kannst du nicht aufhören, mich zu belästigen? Kann man sich nicht mal mehr in Ruhe ausruhen?«, rief die Henne und flog in den Persimonenbaum. Sie wurde mit jedem Tag dicker, konnte aber immer noch sehr energisch mit den Flügeln schlagen.

Die alte Katze sprang von der Mauer auf das Dach, um ihr aus dem Weg zu gehen. »Warts nur ab. Sobald ich die Chance kriege …«

Die Schwägerin kicherte. »Red du nur. Glaubst du etwa, ich habe Angst vor dir? Du bist doch viel zu feige! Warum kommst du nicht einfach her, statt dich aus dem Staub zu machen?« Sie flog ebenfalls auf das Dach und stolzierte mit aufgeplustertem Brustgefieder auf die alte Katze zu, die sich sofort zurückzog und in ihren eigenen Hof verschwand.

Zotti seufzte und ging in ihre Hundehütte. Wo war Großvater Griesgram? Sie zwang sich, das kalte Trockenfutter in ihrem Napf zu fressen, obwohl sie keinen Appetit hatte. Großmutter hatte es bei Sonnenaufgang gebracht. Wenn sie es nicht fraß, würde es das Huhn tun, und mehr würde sie heute nicht bekommen. Sie hatte Großvater Griesgram seit mehreren Tagen nicht gesehen, nur Großmutter, die in der Frühe aus dem Haus ging und erst spätabends zurückkehrte. Es war zu still. Zotti streckte sich, erschauerte und trat nach draußen, wo die alte Katze schon wieder auf der Mauer saß und ihre Kommentare abgab.

»Gehst du zur Bushaltestelle? Das bringt doch nichts.«

Zotti beachtete sie nicht und kroch unter dem Tor hindurch. Die alte Katze schmatzte und schlenderte hinter ihr her am Ufer entlang. Sie war dünn geworden, seit das neue Kätzchen da war, mittlerweile lungerte sie die meiste Zeit über draußen herum.

An der Bushaltestelle blieb Zotti stehen. Wie die Tage zuvor beobachtete sie die Wagen, die anhielten, und die Wagen, die weiterfuhren, doch Großvater Griesgram war nirgends zu sehen. Irgendwann würde sie aufgeben und nach Hause zurückkehren.

Die Straßenlaternen gingen an. Zeit, sich auf den Heimweg zu machen, selbst die Katze hatte bereits die Geduld verloren und war gegangen. Manchmal fühlte sich das Warten auf Großvater an wie das Warten auf ihre Mutter, ihre Geschwister und ihre Jungen: Egal, wie lange sie wartete, er kam nie. Als Zotti sich in Bewegung setzte und an der Mauer entlang nach Hause trottete, kam plötzlich die alte Katze keuchend auf sie zugerannt. Wie immer verströmte sie ihren abscheulichen Geruch.

»Rate mal, was ich herausgefunden habe«, sagte die Katze.

Zotti runzelte die Stirn und ärgerte sich über die Angewohnheit der alten Katze, in Rätseln zu sprechen. Es wäre einfacher, wenn sie gleich zum Punkt käme, schließlich würde sie ja ohnehin irgendwann mit der Sprache herausrücken.

»Willst du wissen, was du als Gegenleistung für mich tun könntest?«, sagte die alte Katze grinsend.

Zotti funkelte sie wütend an.

Die alte Katze versuchte es erneut. »Zotti, was würdest du für mich tun, wenn ich dir etwas wirklich Wichtiges verrate?«

»Was willst du?«

»Hm. Also … im Grunde hast du nichts von Wert …«

»Hör auf, ich habe die Nase voll von deinen Spielchen.«

»Ah, ich weiß. Du kannst meine Freundin sein. Eine

Freundin, die mich nie verraten wird. Eine wahre Freundin.«

»Aber ich bin ein Hund. Und du bist eine Katze.«

»Das macht es ja so besonders.«

»Lass mich in Ruhe«, sagte Zotti, die endgültig genug hatte. »Ich kann das Haus nicht allein lassen, wenn es dunkel ist.«

»Ach, das ist nicht so wichtig. Die geschwätzige Henne ist doch noch da. Irgendwann kriege ich sie dran, du wirst sehen. Meine Besitzerin ist wütend, weil sie immer auf unser süßes Kätzchen losgeht.«

Zotti schnaubte und ging an der Katze vorbei.

»He, wo willst du hin? Du hast noch nicht gesagt, ob du meine Freundin sein willst.«

»Warum sollte ich das wollen?«

»Tja, mal sehen. Warum wohl?«

»Mir reichts.« Zotti schüttelte den Kopf.

Die alte Katze schnitt ihr den Weg ab. »Ah, jetzt fällts mir wieder ein! Der Weiße!«

»Was?«

»Dein Sohn, der weiße Welpe. Ich habe herausgefunden, wo er jetzt lebt. Bist du denn gar nicht neugierig, wie er als Erwachsener aussieht?«

Zotti starrte der alten Katze in die Augen. Sie hatte ihr noch nie getraut. Konnte sie es jetzt?

»Mein Sohn?«

»Hab ich doch gesagt. Ich weiß, wo er wohnt.«

Zotti ging einen Schritt auf sie zu, und die alte Katze machte instinktiv einen Satz rückwärts. Schließlich waren sie immer noch Hund und Katze.

»Er muss eine gute Erziehung genossen haben«, sagte die alte Katze, nachdem sie sich wieder gefasst hatte. »Er ist wirklich wichtig. Eine bekannte Persönlichkeit. Jeder kennt ihn!«

»Wo wohnt er?«

»Ganz in der Nähe. Kennst du die Vorschule hinter der Kirche? Dahinter gibt es eine Tofufabrik, und links davon ist die Mühle. Danach kommt eine andere Schule. Du weißt schon, da, wo die größeren Kinder hingehen. Dahinter …« Die Katze brach ab.

»Himmel! Und? Was ist dahinter?«

»Na ja – so genau weiß ich das auch nicht«, gab die Katze zu.

»Was? Willst du mich zum Narren halten?«

»Nein, nein. Eine Katze, die ich kenne, wohnt im Haus eines Musikers, irgendwo hinter der Schule.«

»Ja, und? Was hat das mit meinem Jungen zu tun? Ich kann nicht glauben, dass ich dir überhaupt zuhöre. Das ist lächerlich.« Zotti drängte die alte Katze beiseite.

Die machte einen Buckel. »Dort lebt dein Welpe! In dem Haus der Katze!«

»Dort lebt er?«

157

»Meiner Quelle zufolge, ja.«

»Oh!« Zotti lächelte und wandte sich der alten Katze zu, die zurücklächelte.

Zotti galoppierte die Straße entlang, sie flog nur so dahin. Die Dunkelheit war bereits hereingebrochen, doch das kümmerte sie nicht. Zu Hause würde schon nichts passieren. Würde er sie erkennen? Er musste bereits ausgewachsen sein. Zotti stellte sich alle möglichen wundervollen Dinge vor. Sie versuchte, der Beschreibung der Katze zu folgen, war sich aber nicht ganz sicher, ob sie auf dem richtigen Weg war. Sie hatte keine Ahnung, wo der Musiker wohnte, und es war schon so finster, dass sie kaum etwas erkennen konnte. Sie würde am nächsten Tag noch einmal wiederkommen müssen. Bedauernd machte sie kehrt.

Auf dem Heimweg überschlugen sich ihre Gedanken. Sie schwor sich, zu tun, was auch immer die alte Katze verlangte, wenn sie sie das nächste Mal sah. Sicher, es war etwas seltsam, mit einer Katze gemeinsame Sache zu machen, doch sie hätte sicher kein Problem damit, ihrer »neuen Freundin« einen Gefallen zu tun, wenn sie damit der Schwägerin eins auswischen konnte.

War niemand zu Hause? Zotti war angespannt, als sie das Tor erreichte. Großmutter hätte mittlerweile zurück sein müssen, doch die Fenster waren dunkel, und das Haus lag ruhig da. Zotti stand das Fell zu Berge. Warum war es so still? Und was war das für ein unangenehmer Geruch?

»He, Schwägerin!«, rief sie.

Keine Antwort.

»Hör auf mit dem Quatsch und komm raus!« Zotti blieb in der Mitte des Hofs stehen und sah sich um. Sie kniff die Augen zusammen und spitzte die Ohren. Aus der Kürbisranke hörte sie ein Geräusch und rannte hinüber. Je näher sie kam, desto stärker wurde der Geruch.

»Zotti ...«

Es war die alte Katze. Sie war dem Tode nahe. Neben ihr lag die Schwägerin, die schon ganz steif war.

»Verdammt«, stöhnte die alte Katze. »Jetzt hat sie mich drangekriegt.«

»Wach auf!« Zotti stampfte mit den Pfoten, doch im Grunde wusste sie, dass es zu spät war.

»Verrat niemandem, dass ein Huhn mich erledigt hat, in Ordnung?« Der Atem der alten Katze wurde immer flacher.

Zotti nickte. »Sei stark.« Sie leckte der Katze die Wunden.

Die alte Katze blinzelte, versuchte, die Augen offen zu halten. »Da sieh mal einer an ... Du leuchtest schon wieder. Ich habe dir ja gesagt, dass du anders bist.«

»Das ist bestimmt nur eine Sinnestäuschung.«

»Nein, je dunkler es wird, desto besser kann ich dich sehen.«

Zotti schaute auf ihre Vorderpfoten hinunter. Ihr Fell

sah tatsächlich anders aus. Lag es an den Worten der alten Katze oder am Mondlicht? Schließlich hörte die Katze auf zu zittern.

»He!« Zotti schüttelte sie, doch die Katze schlug die Augen nicht wieder auf. Eine lange Zeit saß Zotti still da. Die alte Katze war für sie immer eine lästige, verhasste Nachbarin gewesen, nie eine Freundin. Doch sie hatten sich eine lange Zeit gekannt. Und morgen würde sie nicht mehr auf der Mauer hocken. Zotti stiegen Tränen in die Augen. Jetzt war sie ganz allein. Sie hob den weichen Körper mit dem Maul hoch und brachte ihn nach nebenan. Sie wusste, die alte Katze würde zu Hause sein wollen, auch im Tod.

EIN HARTER WINTER

rah, krah, krah.

Zotti öffnete die Augen und warf einen Blick nach draußen. Ihr ganzer Körper schmerzte vor Kälte. Eine Elster putzte ihr Gefieder auf dem frostbedeckten Persimonenbaum. Die wenigen Früchte, die noch in der Krone hingen, waren ungewöhnlich rot. Die Fenster am Haus waren immer noch geschlossen. Gestern war niemand nach Hause gekommen. Ihr Napf kam ihr noch leerer und kälter vor als sonst.

Zotti ging zur Kürbisranke, weil ihr eingefallen war, dass die Schwägerin immer noch unter den von Eis überzogenen Blättern lag. Ihr Körper war unversehrt. Die alte Katze musste sie schnell erledigt haben. Sie sah aus, als würde sie nur schlafen, unter einem Mantel aus Frost. Zotti sah zur Mauer hoch, die jetzt ebenfalls eisig glitzerte. Keine Katze. Also war die letzte Nacht kein Traum gewesen.

Zotti verließ den Gemüsegarten. Alle Kohlköpfe waren gefroren. Wäre Großvater Griesgram hier gewesen, wären sie längst abgeerntet. Nicht nur das, der Hof wäre nicht mit Laub übersät, die Schuppentür wäre nicht offen

und würde nicht klappern, und der Wasserhahn wäre fest
zugedreht und würde nicht den ganzen Tag tropfen. Und
Zotti würde nicht hungern. Sie legte sich hin. Ihr Atem
bildete weiße Wölkchen in der Luft, die sich sofort wieder
auflösten. Es gab etwas, das sie tun musste, trotz Hunger
und Kälte.

Wenig später verließ sie den Hof und folgte dem Weg
vom Vorabend, doch hinter der Schule verirrte sie sich.
Wo konnte das Haus des Musikers sein? Was war das überhaupt, ein Musiker?

Wenn es sein musste, würde Zotti den ganzen Tag suchen. Da ihr Sohn ja anscheinend zu einem bekannten
Hund herangewachsen war, würde sie ihn sicher finden.
Um sich warm zu halten, blieb sie ständig in Bewegung und
ging sämtliche Wege rings um die Schule ab und sah sich
dabei nach allen Seiten um. Sie hatte keine Zeit, sich mit
der Kälte und ihrem großen Hunger zu befassen. Plötzlich
blieb sie wie vom Blitz getroffen stehen. Der weiße Hund.
Groß, mit spitzen Ohren und langen Beinen, kam er auf sie
zu. Doch dann erkannte sie, dass dieser Hund längeres Fell
hatte und dass ein Hauch von Braun das Weiß sprenkelte.
Das musste ihr Sohn sein! Ihr Herz klopfte. Sie sah ihn
aufmerksam an, als er immer näher kam. Jetzt verstand
sie, was die alte Katze gemeint hatte, denn er führte seinen
Herrn – einen Mann, der nicht sehen konnte – mit selbst-
bewusster Miene an einer Lederleine. »Mein Kleiner …«,

seufzte sie ganz leise, um ihn nicht von seiner Aufgabe abzulenken.

Er ging an ihr vorbei, ohne sie zu hören. Es machte ihr nichts aus. Ihr Herz floss fast über, als sie ihn leichten Schritts und mit freundlich wedelndem Schwanz vorbeigehen sah. Die alte Katze war eine echte Freundin gewesen. Bislang hatte Zotti geglaubt, all ihre Kinder hätten ein schreckliches Schicksal erlitten, doch jetzt wurde ihr klar, dass sie sich geirrt hatte. Hier war einer ihrer Jungen, erwachsen und voller Würde.

Zotti folgte ihm in einiger Entfernung, bis sie die Kreuzung vor Großvater Griesgrams Trödelladen erreichten. Ihr Sohn bog in eine Straße ein, die sie nicht kannte, und sie blieb stehen. Großvaters mit Rollläden verschlossener Laden erinnerte sie an ihr leeres Zuhause, und sie wusste, sie war zu alt, um in ein unbekanntes Revier vorzudringen.

»Auf Wiedersehen, mein Kleiner.« Zotti nickte ihrem Sohn zu, der unbekümmert weiterging. Sie drehte sich um und warf keinen Blick zurück.

Auf dem Heimweg stieß sie an einer Straßenecke auf Chanu, der gerade dabei war, seinen Wagen zu entladen. Zotti lief weiter und witterte plötzlich Großvater Griesgram, sah ihn aber noch nicht. Als sie an einem ausgetrockneten Bachbett vorbeikam, wurde der Geruch stärker, und da erblickte Zotti Großvater, der ausgerutscht und in das Bachbett gefallen sein musste.

Bellend stolperte sie zu ihm hinunter und schmiegte sich an den zitternden und aus der Stirn blutenden alten Mann. In der Hoffnung, Chanu würde sie hören, bellte sie erneut.

»Zotti …« Großvater Griesgram zupfte schwach an ihrem Fell. Als sie spürte, wie kalt seine Finger waren, bekam sie es mit der Angst zu tun.

»Ach, du liebe Güte!« Großmutter kam durch das Bachbett angerannt. »Es tut mir so leid!«

»Ah …«, machte der Großvater, als er versuchte, sich aufzurichten.

»Ich bin vorausgegangen, um das Haus zu heizen. Ich dachte, Chanu würde gleich nachkommen!«

Großvater Griesgram stöhnte. Nun kam auch Chanu angelaufen und half seinem Vater auf. Da der jedoch zu kraftlos war, um stehen zu können, nahm ihn Chanu huckepack. Zotti folgte ihnen nach Hause und beobachtete die Arme und Beine des alten Mannes, die schlaff herabbaumelten. Sie blieb draußen stehen, während alle anderen hektisch ins Haus eilten. Der kalte, trockene Wind fegte Blätter über den Hof.

Ein paar Tage später war das Haus wieder leer. Großvater Griesgram war am frühen Morgen erneut ins Krankenhaus gebracht worden. Seine Tochter Yeongseon hatte später vorbeigeschaut, um ein paar Sachen für ihn zu holen, und seitdem war niemand nach Hause gekommen.

Zotti hatte einen kalten, harten Reisklumpen zu fressen bekommen, aber nichts zu trinken. Sie fürchtete sich.

Krah, krah, krah, schrie die Elster und pickte an der letzten Persimone, die noch am Baum hing. Wenn auch noch der Vogel wegblieb, war Zotti endgültig allein. Die alte Katze fehlte ihr, auch wenn sie nur vorbeigekommen war, um zu sticheln. Sogar die Schwägerin vermisste sie. Die Gegenwart eines nervötenden Huhns war immer noch besser als völlige Einsamkeit. Sie wünschte, sie könnte schlafen. Mit leerem Magen fror sie noch mehr, obwohl sie sich zusammengerollt hatte. Wäre der Zwinger offen gewesen, hätte Zotti hineingehen können, dort gab es wenigstens eine Decke. In der Hundehütte war es eisig.

»Jemand zu Hause?« Die Akupunkteurin kam in den Hof.

Zotti roch Essen, leckte sich die Lefzen und streckte den Kopf aus der Hütte.

Die Frau versuchte es an der Haustür, doch da diese abgeschlossen war, drehte sie sich zu Zotti um. »Armes Ding, musst genauso leiden wie dein Besitzer.« Mit gerunzelter Stirn schüttete sie das Essen in Zottis Napf. Zotti hoffte auf Fleischbrühe, doch es waren bloß Kimchi-Pfannkuchen. Sogleich schlang sie sie hinunter, aber ihren Hunger konnten sie nicht einmal ansatzweise stillen.

»Ich frage mich, ob die Operation gut verlaufen ist«, murmelte die Frau, ehe sie ging.

Großvater Griesgram musste sehr krank sein. Zottis Hals war wie zugeschnürt, und sie fröstelte. Schwerfällig trottete sie durch das Tor. Ihre Gelenke schmerzten. Sie wanderte über die Felder, bemüht, ihre zitternden Beine zu stabilisieren. Über Nacht war Schnee gefallen, und hier draußen schien es noch kälter zu sein. Nirgends gab es etwas zu fressen. Sie ging zum Haus der Akupunkteurin. Sie hätte dankbar alles gefressen, sogar Kimchi-Pfannkuchen.

Der Hund der Akupunkteurin knurrte und fletschte die Zähne. Er war groß geworden, hatte einen sturen Gesichtsausdruck und sah ganz anders aus als der kleine Kläffer, der vorbeigekommen war, um zu plaudern und sich mit ihr anzufreunden. »Was willst du hier, du Niemand?«, höhnte er.

Zotti spürte, wie ihr das Blut ins Gesicht stieg. Sie wollte sich abwenden, doch ihr Körper gehorchte ihr nicht. Der Napf, der vor dem Hund stand, war randvoll mit dampfendem Futter. Der Hunger trieb ihr die Tränen in die Augen. Ohne nachzudenken, stürzte sie sich auf das Futter und schnappte sich einen Happen.

»Was bildest du dir ein?«, schrie der Hund und biss ihr in die Schulter. Seine scharfen Zähne bohrten sich in ihr Fleisch, doch sie schaffte es gerade noch, das erbeutete Futter herunterzuschlucken. Sie wollte noch mehr fressen, doch der andere Hund hatte sich in ihre Schulter verbissen und schüttelte sie grob. Zotti stürzte und blieb kraftlos am Boden liegen. Am liebsten hätte sie geweint.

»Das Schicksal seines Hundes folgt dem seines Besitzers«, warnte der Hund. »Wie ich höre, steht der alte Mann an der Schwelle des Todes. Merkst du nicht, wie schändlich du dich verhältst?«

Sie sollte gehen. Sie zitterte, und der eisige Wind drängte unnachgiebig in ihre offene Wunde.

Wieder zu Hause, blieb sie vor ihrer Hundehütte stehen. Sie wollte nicht hineingehen, aber es gab keinen anderen Zufluchtsort für sie. Wenn sie wieder aufwachte, wären die anderen sicher schon zurück. Sie kroch in die Hütte und legte sich hin. Die Kälte drang ihr bis in die Knochen, und sie rollte sich enger zusammen.

DIE STRASSE
DER FREUNDSCHAFT

Was ist nur mit dir geschehen?«

Zotti schlug die Augen auf und sah Großvater Griesgrams runzliges Gesicht dicht vor sich. Sie hätte es abgeleckt, doch ihr Maul war voller Futter. Er hatte einen Löffel in der Hand und fütterte sie mit Haferschleim.

»Das klappt so doch nicht …« Die Falten in seinem Gesicht vertieften sich, als Zotti alles wieder erbrach. Er strich ihr mit der knochigen Hand über den Hals, den Bauch und die Beine. Doch seine Hand fühlte sich weder warm noch sanft an. Zotti spürte überhaupt nichts.

»Ich übernehme das«, sagte Großmutter und griff nach dem Löffel. »Geh du rein und ruh dich aus.«

Großvater Griesgram stützte sich an der Wand ab und richtete sich auf. Zotti und er sahen sich an. Er war dünn geworden und sichtlich gealtert. Seine Wangenknochen standen hervor. »Friss, friss. Du musst weiterleben. Zumindest du.« Seine Augen waren eingesunken und fahl, als wäre sein Blick auf einen weit entfernten Ort gerichtet.

Zotti sah sich um. Sie befand sich in der Küche.

»Hier, friss«, sagte Großmutter und löffelte ihr noch

mehr Haferschleim ins Maul. »Du musst leben, damit dein Herr die Hoffnung nicht verliert.«

Zotti wollte fressen, bekam aber nichts hinunter. Es war, als hätte sich irgendetwas Hartes in ihrer Brust eingenistet. Sie erbrach sich erneut. Seufzend gab Großmutter auf. Zotti war schwindelig, und sie schloss die Augen. Ihr war nicht mehr kalt, und Großvater Griesgram war wieder da. So konnte es bleiben. Sie schlief wieder ein. Als sie erwachte, war sie so benommen, dass sie die Augen nicht öffnen konnte. Von Zeit zu Zeit hörte sie, was um sie herum vorging. Großmutter eilte geschäftig umher. Großvater Griesgram stöhnte. Alle Geräusche schienen aus weiter Entfernung zu kommen.

»Es tut mir leid, aber so darf er dich nicht sehen. Das bringt Unglück.« Mühsam hob Großmutter Zotti hoch, brachte sie nach draußen und streichelte sie eine Weile. Es war kühl, doch Zotti fror nicht und war auch nicht traurig. Der Wind, der ihr Herz durchwehte, fühlte sich angenehm und beruhigend an. Plötzlich kam es ihr in den Sinn, dass sie aufstehen und in die Hundehütte gehen musste. Langsam erhob sie sich. Ihr Körper war steif, sie hatte nichts gefressen und hatte sich lange nicht bewegt. Aber irgendetwas stimmte nicht. Einer ihrer Hinterläufe gehorchte ihr nicht mehr. Das Bein knickte ein, und sie fiel hin. Nach einer Weile gelang es ihr, sich wieder aufzurappeln, sie kam strauchelnd auf die Beine, und obwohl sie noch weitere Male stürzte, schaffte sie es schließlich bis in die Hundehütte.

Sie brauchte etwas Schlaf, danach würde sie sich bestimmt besser fühlen. Sie legte sich so bequem hin wie möglich und schloss die Augen. Aus weiter Ferne hörte sie Musik, die sie zutiefst berührte.

Aus dem Haus drangen Geräusche bis an ihre Ohren. Ein Schluchzen, hektische Schritte, jemand weinte. Zotti versuchte, die Augen zu öffnen, um zu sehen, was passiert war, doch ihre Lider waren wie zugeklebt. Dann, ein Moment des Friedens. Alles stand still. Sie sollte die Augen öffnen und aufstehen.

»Zotti?« Es war Großvater Griesgram.

Sie hob den Kopf. Sie fühlte sich so leicht. Seine Stimme klang fröhlich und verlieh ihr neue Kraft. Die Sonne war unglaublich hell, als sie schließlich die Augen öffnete, doch schon bald hatte sie sich an das Strahlen gewöhnt. Der Persimonenbaum war mit üppigem Laub bedeckt. Das Blumenbeet stand in voller Blüte.

»Zotti?«, rief Großvater Griesgram wieder.

Sie blinzelte. Seine Stimme kam aus dem Baum. Oder vielmehr von der Schneckenhaustreppe. Der Persimonenbaum ragte bis in den Himmel auf. Wann war er derart in die Höhe geschossen? Die Stufen waren von grünen Zweigen bedeckt und schienen endlos weiterzugehen.

Großvater stieg die Treppe hinauf und bedeutete ihr,

ihm zu folgen. Welpen tollten hinter ihm her, ihr geflecktes Geschwisterchen, das im Garten gestorben war, der
schwächliche, schwarze Welpe, ihr erstes Kind. Zotti lächelte und rannte zu ihnen hinüber. Welpen, die kaum
laufen gelernt hatten, sprangen jetzt die Stufen hinauf, und
ihr alter Freund rief sie zu sich.